KB072712

천미신교
낙양지부

천마신교 낙양지부 13

정보석 新무협 판타지 소설

초판 1쇄 찍은 날 § 2018년 5월 9일
초판 1쇄 펴낸 날 § 2018년 5월 16일

지은이 § 정보석
펴낸이 § 서경석

편집책임 § 이선근

펴낸곳 § 도서출판 청어람
등록번호 § 제387-1999-000006호
등록일자 § 1999. 5. 31
어람번호 § 제2-2747호

주소 § 경기도 부천시 부일로 483번길 40 서경B/D 3F (우) 14640
전화 § 032-656-4452 팩스 § 032-656-4453
http://www.chungeoram.com
E-mail § chungeorambook@daum.net

ISBN 979-11-316-91725-7 04810
ISBN 979-11-316-91369-3 (세트)

13

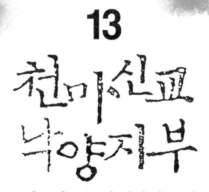

천마신교 낙양지부

정보석 新무협 판타지 소설

FANTASTIC ORIENTAL HEROES

도서출판 청어람

絞殺神丈
了麼汤淘

천미신교
낙양지부

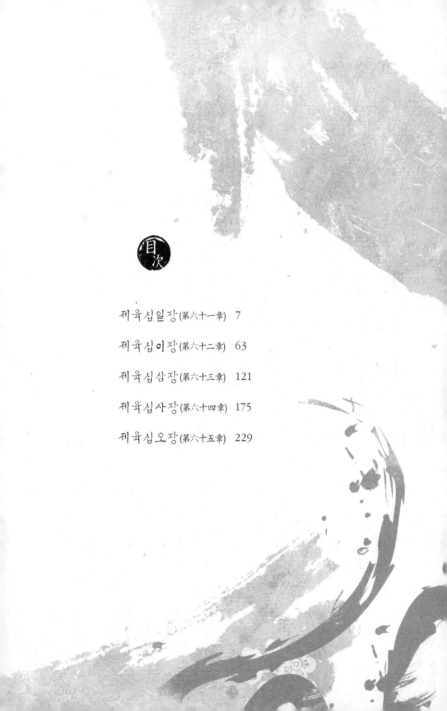

目次

제육십일장(第六十一章)

나지오가 피월려를 이끈 곳은 다름 아닌 묘장이었다. 피월
려는 나지오가 무슨 이유로 그를 묘장까지 이끌었는지 그곳
에 도착해서야 알 수 있었다.

그곳엔 괴기한 가면을 쓴 노인이 미내로와 즐겁게 대화를
나누고 있었다. 허리까지 오는 백색의 긴 머리와 가슴까지 내
려오는 흰 수염이 가면을 반쯤 가리고 있었으나, 피월려는 그
가면이 어딘지 모르게 낯이 익었다. 그는 곧 그 가면의 형태
가 신물주의 것과 매우 비슷하다는 것을 깨닫고는 가면의 주
인이 누구인지 대충 유추할 수 있었다.

그 노인이 피월려를 보았다. 가면을 통해 보이는 두 눈동자는 머리와 수염과 똑같은 색의 눈동자를 가진 백안(白眼)이었다. 나이를 먹다 보면 종종 눈동자가 백안이 되는 사람들이 있었는데, 그렇게 오래 사는 사람도 적을뿐더러 그중에서도 경우가 극히 드물기 때문에 피월려도 그런 눈동자를 실제로 본 적은 거의 없었다.

신비로운 두 눈동자는 피월려가 들어올 때부터 쭉 그를 보고 있었다. 아니, 정확히는 그 시선이 묘하게 빗나가 그의 어깨 위쯤에 초점을 두고 있었다.

피월려는 포권을 취하며 인사했다.

"미내로 대주님을 뵈옵니다. 한데 옆에 계신 분께서는 누구십니까?"

미내로가 뭐라 말하기 전, 그 노인이 직접 자신을 소개했다.

"귀목선자의 친우이자, 본 교에서는 신물전을 책임지고 있는 사람이오. 그쪽은 낙성혈신마 피월려가 맞으신가?"

예상대로 신물전주였다. 피월려가 포권을 풀며 말했다.

"맞습니다. 신물전주님을 뵈옵니다. 대전에 계신다고 들었습니다만?"

피월려가 고개를 숙여 인사하자, 신물전주 솔진이 따스하게 웃어 보였다.

"정치와 관련된 지루한 대화를 계속할 마음이 없었소. 그보다 나 부교주께서 직접 증인을 모시고 온 것이오? 마조대원을 시킬 일을 왜 굳이 직접……."

나지오도 포권을 취했다.

"아닙니다, 전주. 증인이니 직접 데려와야 경우에 맞다 생각했습니다."

솔진은 자리에서 일어나며 말했다.

"이제 부교주에 자리에 오르셨는데 경어라니……. 이 무공도 모르는 늙은 사람은 몸 둘 바를 모르겠소."

나지오는 포권을 풀고 대답했다.

"뭐, 아직 정식 등극은 아니지 않습니까? 죽을 확률이 지극히 높으니, 일단은 말을 높이겠습니다."

"하……."

"말씀 나누십시오. 입교한 지 일 년이 채 되지 않아 아직 많은 것을 모르니, 하나부터 열까지 모두 설명하셔야 할 것입니다. 그리고 피 후배 전속대원, 너도 나와 같이 밖에 있어야 할 거야."

나지오는 그 말을 남기고는 집 밖으로 나갔다. 그러자 원설이 피월려에게 전음을 보냈다.

[부교주님의 명입니다. 나가도 되겠습니까?]

"일단 나가 있어."

[존명.]

나지오의 모습이 완전히 사라진 것을 확인한 솔진은 미내로를 돌아보았고, 미내로가 툭하니 말했다.

"방음은 완벽하니, 걱정할 거 없다. 이대원도 나간 것 같고."

솔진은 그 특유의 포근한 미소를 지었다.

"그런가? 그럼 이쪽으로 자리하시오, 신물주."

솔진은 피월려가 신물주임을 단박에 알아본 것이다. 피월려는 자리에 앉으면서 물었다.

"백안은 시력이 안 좋다 들었는데, 신물이 보이십니까?"

솔진이 대답했다.

"육안을 버린 대가로 얻은 영안이니 신물이 보이지 않을 수가 없소. 역대 신물전주들은 모두 영안을 얻기 위해서 육안을 버렸소. 노부라고 예외일 순 없지."

"그렇습니까?"

솔진은 피월려의 어깨 부근을 한동안 주시하면서 중얼거렸다.

"신물의 상태가 팔팔하고 양호한 것이, 강한 마기를 가진 듯하여 보기 좋소. 마공은 어떤 것을 익히시오?"

피월려는 의심의 눈초리로 솔진을 보았다.

"제 마공을 알려 하시는 이유가 무엇입니까?"

솔진은 눈을 동그랗게 뜨더니 곧 헛웃음을 내뱉었다.

"허허……. 정말로 하나부터 열까지 모르시는군. 일대주께서 신물주인 이상 노부에게 적의를 가지실 필요가 없소. 신물전은 신물주를 위해 존재하는 곳이오. 절대적인 교주명까지도 거부할 수 있는 권한이 노부에게 있소. 그러니 노부가 신물주를 돕기 위해서는 최대한 신물주에 관해 많이 아는 것이 중요하오."

"갑자기 나타나 제게 도움을 주겠다고 하니, 좋은 말로 하면 혼란스럽습니다. 애초에 제가 도움이 필요하지 않으니, 신물전주께서 이 먼 걸음을 헛걸음하신 것 같아 유감입니다."

피월려의 정중한 거절에도 솔진은 서두르지 않고 찬찬히 상황을 설명했다.

"노부가 직접 낙양에 온 이유는 두 가지가 있소. 신물전에 복귀하지 않은 신물의 위치를 확인하여 불상사가 생기지 않게 미리 예방하는 것과 부교주의 시험을 총괄하기 위한 것이오."

"그럼 왜 갑자기 저를 돕겠다는 겁니까?"

"신물전은 신물주를 돕는 데 그 의의가 있소. 신물이 주인을 찾은 이상, 신물전은 신물주를 전력으로 도울 것이오. 그것이 율법이자 신물전의 존재 의의 중 하나이오."

"그러니까, 그 도움이 필요 없다는 뜻입니다. 제가 신물주임을 누구에게도 발설하지 않는다면 조용히 지나갈 일인데, 왜 굳이 무엇을 돕겠다고 하는지 모르겠습니다."

"그야 신물에게는 기간이 있기 때문에 발설하지 않는다고
다 해결될 일이 아니기 때문이오."

"기간?"

"그렇소. 정말 모르시는군."

시간제한이 있다면 이는 대단히 위험한 것이다. 피월려는
태도를 바꾸어 신물주에게 가능한 많은 정보를 얻어야겠다는
판단이 섰다.

피월려가 말했다.

"신물에 관한 서적은 많이 찾아봤습니다만, 신물에 기간이
있다는 말은 처음 들어봅니다."

"신물에 관한 모든 정보가 들어 있는 신물서(神物書)는 교주
와 신물주 그리고 신물전주밖에 읽을 권한이 없소. 그 외에
신물에 관한 모든 정보는 본 교의 마인들이 어느 정도 알고
있어야만 할 대략적인 사실뿐이오. 예를 들면 교주가 되기 위
해서는 신물주가 먼저 되어야 한다는 정도 말이오. 신물에 대
한 정확한 사실은 신물주가 되어야 알 수 있는 것이오."

"어쩐지, 신물에 관한 정보가 너무 부족하다고 생각했었습
니다. 왜 그렇게 되어 있는지 의문입니다만."

"신물주라는 자리는 피로 피를 씻는 곳이오. 율법상 신물이
없으면 교주보다 강하여도 그 힘을 숨기고 교주를 섬겨야 하

기 때문이오. 그러니 교주가 되고 싶은 야망을 가진 마인들은 모두 앞다투어 신물주가 되려 하오. 그 속성 때문에 신물전에서는 신물에 대한 정보를 극도로 제한하고 현 신물주가 차기 교주로서 어느 정도 안정성을 가지게 되었다면 그 정보를 공개하게 되어 있소."

"그 판단은 신물전주께서 하시는 겁니까? 그러면 신물전주께서 인정하지 않는다면 신물을 가진다고 하더라도 신물주로서 정보를 제공받을 수 없다는 뜻입니까?"

"천마신교 역사 중에는 신물주가 하룻밤에 이십여 번이 바뀐 적도 있소. 그런 불안정한 상태를 충분히 겪고 나면 그 행방이 사라져 누가 신물주인지 알 수 없게 되는 경우가 생기게 되오. 그런 상태를 지나 신물주가 충분히 오랜 기간 살아남으면, 안정적이라 보고 정보를 제공하게 되오."

"어찌 됐든, 신물전주께서 원하시면 안정적이지 않다고 판단하고 정보를 제공하지 않을 수 있다는 것 아닙니까?"

"그렇소."

이는 엄청난 권한이다.

신물전주가 주는 정보를 제공받지 않는다면, 천마신교의 모든 살의와 야망이 집중되는 신물주란 자리에서 어찌 살아남을 수 있겠는가?

피월려는 고개를 끄덕이며 나지막하게 말했다.

"신물전주께서는 무공을 모르는 몸으로 막강한 권한을 지니셨습니다."

"어느 가문에도, 어느 파벌에도 속하지 않은 노부가 냉정하고 공정하게 판단하고 있으니 걱정하실 필요 없소."

권한을 휘두르기만 한다면 어떠한 마공보다 강력한 힘이 된다. 천마신교의 절대 권력인 교주를 견제할 수 있는 유일한 자, 신물전주. 차기 교주를 스스로 결정하지만 못하지, 거의 그것에 가까운 권세를 가졌다.

피월려는 속내를 숨기고는 솔진에게 물었다.

"저는 언제 인정을 받은 겁니까?"

"귀목선자에게 추천을 받았소."

"어르신께서 말입니까?"

지금까지 가만히 듣고만 있던 미내로가 말했다.

"금방 죽을 줄 알았는데, 잘 살아 있더구나. 또한 신물의 행방이 완전히 오리무중이 되게 상황을 잘 꾸몄어. 지부 내에는 네가 신물주라고 의심하는 사람조차 없다. 이 정도면 충분히 인정받을 만하지."

피월려는 고개를 숙였다.

"감사합니다. 덕분에 힘을 얻게 되었습니다."

"그만큼 린 아에게 더 잘해줘라. 너를 향한 불만이 아주 없는 것도 아니더구나."

아, 이것인가?

피월려는 미내로가 왜 솔진에게 그를 인정하라고 추천했는지 그 숨은 이유를 알 것 같았다. 결국 자기의 제자인 진설린을 위한 것이다. 하지만 이유가 순수한 것이든 순수하지 않은 것이든, 도움을 얻게 된 것은 분명 좋은 일임에 틀림없었다.

피월려는 눈빛을 빛내며 솔진에게 질문했다.

"좋습니다. 그럼 그 기간이라고 말씀하시는 것부터 묻겠습니다. 신물에게 기간이 있다는 뜻이 뭡니까?"

솔진은 살짝 당황한 기색으로 대답했다.

"갑자기 자세가 달라지셨소?"

"의심이 풀렸으니 얻을 것을 얻는 것뿐입니다. 기간에 대해서 설명해 주십시오."

피월려의 자세는 지극히 실용적이었다. 이는 개인주의적인 태생마교인들에서도 찾아보기 쉽지 않을 정도로 노골적이었다. 솔진은 미내로가 그에 대해서 설명한 부분들이 어떤 의미인지 서서히 이해가 가기 시작했다.

솔진이 설명했다.

"기본적인 지식을 통해 신물이 두 가지라는 것을 알 것이오. 이 신물이 주인을 죽인 자에게 다시 기생하는 데에는 분명한 이유가 있소. 그 이유는 마인이 항상 더욱 강한 힘을 추구하고, 결국 모든 마인은 더 강한 마인에게 죽게 되어 있기 때문이오."

"선뜻 이해가 가질 않습니다만."

"신물의 비밀은 신물서를 보면 모두 상세하게 알 수 있소. 하지만 그 내용이 실로 방대하여 지금 이 자리에서 그 모든 내용을 말할 수는 없소. 그러니 자세한 내용은 따로 보시면 되오. 간단히 설명하면 흑접과 현접은 서로를 만나기 위해서 더 강한 마인에게 기생한다는 것이오. 점차 강한 마인에게 기생하다 보면 어느새 서로를 찾게 되니 말이오."

"그 두 영물이 서로를 찾아 나선다면, 그건 마치 짝을 찾는 것과 비슷합니다."

"정확하오. 구분이 불가능하기에 편의상 흑접과 현접이라 칭하지만 사실 그 두 영물 중 하나는 암컷이고 다른 하나는 수컷이오. 마기로 연명하며, 서로를 찾을 때까지 스스로를 방어하기 위해서 현세와 교류할 수 없는 이계(裏界)에 존재를 두고 잠복해 있소."

"이계라……."

피월려는 소림파의 일을 기억했다. 그때의 기억은 뭐라 표현할 수 없이 희미하면서도 선명했다. 그런 피월려를 보며 솔진은 그가 이해를 하지 못해서 말을 하지 않는 것이라 착각했다.

"무인이니 이계 같은 건 쉬이 믿지 않을 수 있겠으나, 좌도를 공부하는 사람의 입장으로서 단언컨대 그것은 존재하는 것이오. 좌도에 관한 부분은 설명해도 모를 테니 넘어가고, 하여간 흑접과 현접이 서로 짝을 찾기 위해서 그런 방법을 사용한다는 점은 알았으리라 믿소. 그런데 만약 그들이 기생한 주인이 싸움을 멈춰 버리면 어떻게 되겠소? 그들은 한 사람에게서 몇십 년을 낭비하게 되는 것이오."

"그래서 기생의 기간이 있다는 겁니까?"

"대략 일 년에서 삼 년 사이이오. 그 안에는 무조건 신물전에 들러 신물을 안정시켜야 하오. 그렇게 하지 않으면 신물이 몸을 떠날 것이오."

"신물이 몸을 떠나면 죽습니까?"

"죽지는 않소. 하지만 신물이 다음 주인을 찾기 위해서 현세에 육신을 만들어야 하니, 상당한 마기를 흡수할 것이오. 무인이라면 치명적일 수준으로."

"귀찮은 영물이군. 정확한 양을 알려주십시오."

"신물이 기생한 순간부터 늘어난 마기이오."

즉, 신물이 기생한 이후에 얻은 모든 내공을 훔쳐간다는 뜻이다. 피월려는 어이가 없다는 듯 말했다.

"참나. 귀찮은 걸 넘어서 치명적 아닙니까? 아니, 그보다. 그걸 교주께서 품고 계십니까? 그건 큰 취약점이 될 수 있습니다."

"그래서 신물전이 교주를 견제하는 유일한 세력인 것이오. 매년 신물전에 들러 신물을 안정시켜야 하니 말이오. 신물에 관한 정보가 괜히 비밀인 것이 아니오."

"……."

솔진의 눈빛에는 마기가 없었다. 마공은커녕 내공 자체를 익히지 않았으니 당연한 것이다. 그럼에도 피월려는 그 눈빛에서 강한 마기를 본 것 같은 착각이 들었다. 천마급 마인인 장로들도 그에게 함부로 하지 않는 이유를 알 수 있을 것 같았다.

피월려가 말했다.

"이 제도가 처음 만들어진 이유가 궁금합니다. 교주에게 치명적인 약점이 생기는 이런 체제가 어떻게 천마신교에 자리잡게 된 것입니까?"

"간단한 이유에서 그렇소. 신물이 천마신교의 생존에 가장 중요한 마단을 만들 때 필수적이기 때문이오."

"무슨 뜻입니까?"

"천마 시조께서 마단을 창제하시기 전, 마공을 익히기 위해서는 극악무도한 악행을 저질러야 했소. 지금도 천마신교의 마인이 아닌 마인들은 그런 악행을 통해서 정신을 파괴시켜 마공을 익히오. 마(魔)의 기운을 인간의 몸으로 담아내기 위해서는 어쩔 수 없지. 하지만 마단을 먹고 역혈지체가 되면 온몸의 피가 거꾸로 돌아 마기와 친숙한 육체가 될 수 있소. 따라서 노력 여하에 따라 악행을 저지를 필요도 없고 제정신을 유지하면서도 마인이 될 수 있소. 한마디로 말하면, 마단이 없이는 마인도 없고 천마신교도 없소."

"그 마단을 만드는 데 있어 신물이 필수적이라는 겁니까?"

"강자지존으로 가장 강력한 마인을 선출하고 그 마인에게 신물을 기생시켜 일 년에 한 번씩 신물에게서 마정(魔晶)이라는 것을 뽑소. 강력한 마인이면 마인일수록 그 마정이 많이 나오기 때문에, 더 많은 마단을 만들어낼 수 있소. 이것이 교주와 신물이 하는 가장 중요한 역할이오."

"……."

피월려는 엄청난 비밀에 아무런 말도 하지 못했다. 솔진은 말을 덧붙였다.

"정녕 강자지존으로 한 사회가 유지될 수 있다고 생각하시오? 단 하나의 조건을 제외하면 절대로 불가능한 일이오. 그 유일한 조건은 바로 그 사회의 지존이 번식을 온전히 담당하는 것이오. 이는 인간뿐만 아니라 이 세상의 모든 종류의 생명체에게도 적용되는 진리이외다."

피월려는 그 말을 반박하는 예를 찾아보았다. 하지만 그는 찾을 수 없었다. 오히려 그 말이 맞는 경우만 생각이 났다. 그런데 문득 한 가지 의문이 들었다.

"만약 마단으로만 마인을 만든다면 태생마교인은 어찌 태어나는 겁니까?"

그것을 물어볼 줄 알았다는 듯, 솔진이 즉시 대답했다.

"역혈지체와 역혈지체의 사이에서 아이가 태어날 수 있으리라 보시오? 논리적으로 말이오."

피월려는 잠시 고민하고 답을 알 수 있었다.

"불가능하지 않나 합니다. 몸의 피가 역류하는데 아이를 임신할 수 있을 리가 없겠지요."

"맞소. 그것은 불가능하오. 하지만 역혈지체의 씨앗으로 보통 여인의 몸에서는 아이가 생길 수 있소. 하나 역혈지체의 영향을 받은 태아는 온전히 자랄 수 없소. 그 태아를 살리는 방법은 임산부가 태아용 마단을 먹고, 그 기운을 아비가 태아에게 집중하여 태어날 때까지 서서히 역혈지체를 완성시키는 방법뿐이오. 이는 아비나 어미나 각고의 노력을 하여야만 성공할 수 있소."

"그조차도 마단이 필요하군요."

"그렇소. 마단이 없으면 태생마교인도 없소."

"교주가 아니면 천마신교의 존립이 불가능해지다니. 이건 신물이 교주의 인사법을 위해 사용되는 것이 아니라 본 교의 강자지존 자체가 신물을 위해서 만들어진 것 같습니다."

"앞뒤가 바뀐 것 같지만 그것이 사실이오. 천마 시조께서는 천마신교를 창시하시기에 앞서 마단을 창제하셨소. 그 점을 생각해 보시오."

"과연⋯⋯."

"신물이 얼마나 중요한지는 이 정도면 충분히 설명했으리라 보오."

"예. 물론입니다."

"일 년 안에 반드시 신물전에 찾아오시오. 거기서 신물서를 모두 읽고 공개적으로 신물주가 되면, 내가 지금 착용하고 있는 이 구묘가면(寇猫假面)을 하사하겠소. 이것은 신물전의 술법으로 만든 영물로, 사용자에게 만 명의 얼굴을 흉내 낼 수 있는 능력을 주오. 몸을 보호하는 데 중요한 역할을 할 것이오."

피월려는 시선을 아래로 두며 중얼거렸다.

"실감이 나지 않습니다. 일 년 안에 무조건 결정되는 것이라니."

"신물주의 운명이오. 받아들일 수 없다면 내력을 바치고 신물이 다음 주인에게 떠나가게 하면 그만이오. 신물이 사라져 보통 마인이 된다 하더라도 지금까지 설명한 정보 정도를 아는 것은 눈감아줄 수 있소. 이 정도야 몇몇 장로도 아는 수준이니⋯⋯. 그러나 신물전에 와서 신물서를 한 번이라도 일독하게 되면 무조건 신물주가 되어야 하오."

"알겠습니다."

솔진은 물을 한 잔 마셨다. 그러고는 다시금 입을 열었다.

"이젠 부교주의 일을 설명드리겠소. 우연하게도 부교주께서 일대주가 증인이 되길 원하시니, 한 번에 일이 처리되는군."

피월려도 복잡한 심정을 달래기 위해 물을 한 잔 마셨다.

지금 들은 정보들은 나중에 깊게 생각해 봐야 할 문제이다. 그는 얼굴을 쓸어내리며 생각을 정리하고는 물었다.

"부교주의 시험을 총괄하려 이곳에 오셨다 하셨습니다. 그 시험이 무엇이기에 제가 증인이 되는 겁니까?"

"그걸 설명하기에 앞서 부교주라는 직위에 대해서 설명해야 할 것이오. 혹 그 자리에 대해 아는 것이 있소?"

"교주 바로 아래라는 것뿐, 그 외에는 모릅니다."

"나 부교주께서 아무것도 모른다더니 정말이었군, 허허. 내 찬찬히 설명하겠소."

"예."

"부교주라는 직위는 원래 천마신교에 존재하지 않았소. 교주에게 이상이 생기면 신물주가 즉시 교주의 대행이 되기 때문에 비상사태에 교주를 대신할 부교주란 자리를 만들 필요가 없었기 때문이오."

"그럼 처음에 어찌 생긴 겁니까?"

"천마신교의 율법에는 입교에 있어 그 어떠한 사람도 차별

할 수 없다는 걸 알 것이오. 입교를 희망한다면, 누가 됐든 정당한 시험을 받고 입교할 수 있고 오로지 무력에 의해서 상하가 결정되오. 그렇기에 옛날부터 백도무림의 고수들이 입교하기도 했고, 구파일방의 제자들까지도 입교를 하는 경우가 있었소. 그런데 몇백 년 전, 한 장문인이 입교를 희망하는 사태가 벌어졌소."

"장문인이라면, 구파일방의 수장 아닙니까?"

피월려는 놀랐다. 구파일방의 수장 격인 사람이 어찌 천마신교에 입교하려 했단 말인가?

솔진이 말했다.

"지금은 본 교의 영역이 된 호남 지역에는 구파일방에 속하던 형산파가 있었소. 그리고 그 당시에 극심한 내부 갈등으로 인해 장문인이 파문당할 위기에 놓이게 되었소. 구파일방에서는 파문할 때 무공을 폐하기 때문에, 무공을 잃는 것이 두려웠던 장문인이 본 교에 입교를 희망하게 되었소. 장로회에서는 마단으로 그를 역혈지체로 만든 뒤에 형산파의 장로를 죽이는 것으로 충성심을 확인하려 했소. 정순하기 그지없는 도교의 내공이 마공으로 탈바꿈되자 그 장문인은 전보다 수배는 강해져 자기의 동문을 향해 복수의 칼날을 휘둘렀소. 결국 그 일로 인해서 형산파는 봉문하게 되고 쇠락의 길을 걸어 지금은 흔적도 찾아볼 수 없게 되었소."

"장문인이었으니 최소 초절정고수였을 겁니다. 그런 그가 홀로 형산파를 봉문시켰다는 겁니까?"

"장로회의 계산도 자멸하리라는 것이었소. 그런데 동문과 형제를 죽이는 동안 그 장문인이 입신을 깨달은 것이오. 그가 본 교에 당당히 입교하게 되자, 입신의 고수가 되어버린 그를 본 교에서 어찌 대해야 할지 골머리를 썩게 되었소. 강자지존의 법칙에 의하면 장로가 되어야 하는 것이 마땅한데, 구파일방의 장문인이었던 사람을 하루아침에 장로로 세울 순 없지 않소? 게다가 그를 아래에 부속시킨다 하더라도 생사혈전을 통해 며칠 만에 스스로 장로가 될 것이오. 그리고 신물주를 찾게 되면 교주까지도 노려볼 수 있었겠지."

"그냥 처리하기에도 부담이 되었겠군요. 교주와 장로회가 강자지존의 법칙을 무시하고 그를 합공할 수도 없었을 테니 말입니다."

"그렇게 했다면 천마신교의 마인들이 모두 반발했겠지. 그 누구도 인정하지 않았을 것이오. 따라서 장로회에서는 꾀를 내어 부교주란 자리를 만들었소. 교주 바로 아래의 위치로서 장로보다 위에 있지만, 형식적일 뿐 실질적인 권한은 거의 전무한 그런 자리를 말이오. 다행히 그 장문인은 이후 봉형구마(封衡仇魔)로 불리며 조용히 지냈소. 동문을 죽이면서 무(武)에 회의를 느낀 것인지, 그 이후에는 전투에 참여하지 않았지. 그는 오랜 시간 장수하며 무공을 연구하였고 특히 구파일방의 무공을 개조하여 마공으로 만드는 작업에 일생을 바쳤소. 그것이 부교주의 탄생 배경이오."

피월려는 고개를 끄덕이며 말했다.

"나 선배께서 왜 부교주가 되었는지 알 법합니다. 입신에 올랐기 때문 아닙니까?"

"맞소. 본 교에 입교한 백도의 인물 중 입신의 경지에 올라선 자는 그 이후에도 총 세 명이 있었소. 그들은 처음 부교주에 오른 봉형구마의 전통을 이어받아 부교주가 되는 시험을 치렀소."

"전통을 이어받았다면… 설마 시험이?"

"본(本) 사문을 봉문시키는 것이오. 단독으로."

"……"

"부교주의 시초가 된 봉형구마 이후에는 지금까지 제대로 부교주가 된 자가 없소. 한 명은 성공했으나 부상을 회복하지도 못하고 흑백대전에 내몰려 절명했고, 다른 두 명은 시험에 실패했소."

"나 선배도 죽음을 면하기 어렵겠군요."

"화산파는 옛날의 위세를 아직 온전히 찾지 못했소. 희망은 있겠지. 그런데 부교주가 증인으로 일대주를 선택했소. 부교주가 실패할 경우, 같이 죽음을 면하기 어려울 것이오. 차라리 신물주임을 공개적으로 밝히고 명령 체계에서 자유로워지면 증인이 되는 위험부담을 덜 수 있지 않겠소?"

"그것보다 다른 점이 더 고민입니다."

"무엇이 말이오?"

"나 선배께서 저를 증인으로 삼은 이유가 무엇이냐는 겁니다."

"나도 궁금하긴 하오만, 부교주가 일대주를 신뢰하기 때문이 아니오?"

"아마도, 제가 신물주임을 이미 알기에 절 증인으로 삼으려는 것일 겁니다."

그 말을 듣자마자 솔진이 안타깝다는 듯 상을 탁 치며 탄식했다. 미내로조차 놀랐는지 피월려를 흥미롭다는 눈빛으로 보고 있었다.

솔진이 다급히 물었다.

"아니! 일대주가 신물주라는 걸 왜 부교주에게 말한 것이오? 만에 하나 부교주가 임무에 성공한다면 즉시 일대주의 목숨을 노려 다음번 신물주가 되려 할 것이오. 교주의 자리를 노리기 위해서 말이오. 부교주가 일대주를 증인으로 삼은 게 우연이 아니었군!"

"제가 제 입으로 말한 적은 없습니다. 하지만 이미 알고 있으리라 생각합니다."

"무슨 뜻이오, 그것이? 부교주가 그 사실을 어찌 알았을 것이란 말이오? 어찌 그런 추론을 하게 된 것이오?"

피월려는 확 짜증이 몰려오는 것을 느꼈다. 나지오가 그를 증인으로 삼은 진짜 이유가 무엇인지 깨달았기 때문이다. 그 사실이 그의 마음을 매우 무겁게 만들어 더 생각하는 것을 귀찮게 만들었다. 그건 스스로에게도 말하기 싫은 것이라 다른 사람에게 말하기 위해 입을 열기는 더욱 싫었다.

피월려는 잔소리를 듣기 싫다는 듯 자리에서 일어나 포권을 취했다.

"그 일은 제가 알아서 하겠습니다. 걱정하지 마십시오. 그럼 전 이만 가보겠습니다. 자세한 건 부교주님에게 직접 듣겠습니다. 귀목선자 어르신께서도 쉬십시오."

"허허… 이런."

솔진은 막무가내로 밖에 나가는 피월려의 등 뒤를 바라볼 수밖에 없었다. 미내로는 여전히 흥미롭다는 시선이었다.

답답한 묘장에서 서둘러 밖으로 나온 피월려는 가슴을 펴고 한껏 숨을 들이마셨다. 땅바닥에 앉아서 그를 기다리던 나지오가 자리에서 일어나자 그의 몸에서 뼈 소리가 났다. 나지오가 투덜거렸다.

"나이를 먹었나, 관절에서 소리가 다 나고."

피월려가 웃으며 물었다.

"그러고 보니 나 선배는 입신에 올랐음에도 반로환동을 하지 못하셨소?"

나지오는 얼굴의 반을 가릴 정도로 입을 벌리며 하품을 했다.

"하아~ 암. 안 한 거야. 못 한 게 아니라. 피 후배, 너 오늘 뭐 하냐?"

"급한 임무는 없소."

"나랑 술이나 먹자. 죽음을 앞두니 옛 추억거리나 들어줄 놈 하나 필요해서 말이야."

"……."

"왜? 싫어?"

"후배가 낙화루에서 거하게 쏘겠소."

"크흐, 좋지. 킥킥킥."

나지오는 어린아이 같은 웃음을 흘렸다.

*　　　　*　　　　*

나지오와 피월려는 낙화루에 도착했다. 혈적현이 하오문주와 살막주를 겸하게 되며 낙화루도 천마신교의 소유가 되었는데, 때문에 일대주인 피월려와 부교주인 나지오는 돈을 낼 필요가 없었다. 피월려가 산다고 한 말은 당연히 농이었을 뿐이다.

직위가 직위인지라 낙화루에서는 그들을 가장 최고급 특실에 모시려 했다. 하지만 최고급 특실은 모두 가득 찬 상황이었다. 수도로 정해진 낙양으로 중원의 거부들과 귀족들이 자신들의 터를 잡고자 매일같이 방문하여, 낙양의 최고급 기루인 낙화루 역시 붐비게 되었기 때문이다. 영업상 손님을 내쫓을 수도 없고 나지오와 피월려에게 섭섭한 대접을 할 수도 없었던 낙화루주가 난처해하고 있자, 나지오가 손을 휘휘 저으며 말했다.

"됐으니까, 아무 방이나 줘. 시끄러워도 상관없으니."

낙화루주는 피월려의 눈치를 살폈고, 피월려는 고개를 끄덕이며 괜찮다는 신호를 보냈다. 낙화루주는 그나마 남은 방 중에서 가장 고급스러운 방을 그들에게 주었는데, 그곳은 고급보다는 저급에 가까운 방이었다. 시녀들이 서둘러 방을 깨끗이 치우고 상을 차리기까지 일각 정도가 걸렸다.

낙화루주가 직접 술상을 들고 오며 나지오에게 물었다.

"어느 꽃으로 하시겠습니까?"

나지오는 술병의 마개를 따며 말했다.

"여잔 됐어. 그나저나 지 매가 본부로 가고 나서 낙양사화에 한 자리가 비지 않아? 누구로 채웠어?"

"먼 곳에서 데려온 처녀가 있습니다. 전형적인 미녀인데 멸문한 귀족 출신이라 이곳까지 팔려오게 된 것 같습니다만 강단이 여간 강한 게 아닙니다. 아직까지 밤에 손님을 받지 않았습니다."

"참나. 언제부터 네놈들이 여자 사정을 봐줬다고 그래?"

"강제로 시키려고 하니 혀를 깨물었습니다. 죽을 생각으로 깊이 말입니다. 치료하는 데 애를 먹었습니다."

"대단한 여자군. 자기 순결에 목숨까지 바치려고 하다니. 귀족이 확실하네. 그런데 치료까지 해줘서 남는 게 있었어? 어차피 써먹지도 못하고 밥만 축내는 식충이 아니야? 귀족 여자라 살아만 있어도 달라는 게 많을 텐데, 식충이보다 더하지."

"일단 사오는 데 돈을 엄청 들였습니다. 낙양사화에 걸맞은 여인을 찾으려고 중원 전체를 찾아 헤매 겨우 사온 몸입니다. 함부로 죽게 만들 순 없었습니다. 그리고 자기 몸값은 자기가 잘 벌고 있습니다."

"기녀가 몸을 안 팔고 자기 몸값을 번다? 뭐로?"

"옥소(玉簫) 솜씨가 기인의 것을 넘습니다. 그녀의 외모에 욕정을 품은 손님들을 옥소 하나로 감동시켜 그 성욕을 모두 잠재울 정도니 말 다했지요. 마음이 굳은 늙은 귀족들도 눈물을 흘리지 않는 이가 없습니다."

"호오? 그래? 우리도 한번 들어볼까? 어때, 피 후배?"

"감동받아 울고 싶은 생각은 없소."

"왜 그래? 쪽팔릴까 봐 그래?"

"아니오."

"아니긴, 무슨. 무리해서 할 건 없고, 시간이 되면 불러. 오늘 안 되면 언제든 다시 와서 들으면 그만이니까. 일단 손님들이 먼저야. 알았지?"

"예, 알겠습니다. 그럼 더 시키실 일이 있습니까?"

"마파두부나 좀 내와봐. 안 맵게."

안 매운 마파두부가 뭔지 이해할 수 없던 낙화루주는 당혹스러운 듯 피월려를 보았다. 하지만 피월려가 아무런 반응을 보이지 않자, 의문이 가시지 않은 표정으로 일단 고개를 끄덕였다.

"아, 예. 그럼."

낙화루주가 나가고, 나지오가 술잔에 술을 따랐다. 여아홍(女兒紅)으로, 이십 년 이상 땅속에 있어야만 제 가치를 하는 고급 술이었다. 평소 나지오가 좋아하는 술로 이상하게 그는 여아홍에 집착하는 경향이 있었다. 오대주로 있을 때에도 그의 삯의 반 이상을 여아홍에 쏟아부을 정도였다.

"마셔."

평소 술을 먹을 때, 나지오는 피월려에게 여아홍을 권하지 않았다. 그리고 피월려도 무리해서 받으려 하지 않았다. 피월려는 그런 값비싼 술을 얻어먹고 싶은 생각이 없었다. 하지만 이젠 마음껏 먹을 수 있으니 피월려에게도 인심을 쓴 것이다.

피월려는 평소대로 거절하려 했다. 어차피 그의 혓바닥은 값싼 술과 값비싼 술을 구분하는 능력이 없었다. 어렸을 때부터 부(富)를 모르던 그의 입에는 오히려 값싼 술이 더 맞았다. 하지만 피월려는 말없이 나지오의 술을 받았다. 나지오가 그러기를 원하는 듯 보였기 때문이다.

첫 잔은 항상 쓰다. 여아홍의 오묘한 맛은 특히나 더 센 듯했다. 그런데 순간 피월려는 이 맛을 어디서 느껴본 것 같은 기분이 들었다. 그의 표정을 본 나지오가 물었다.

"왜? 이상해? 맛없어?"

피월려가 대답했다.

"그게 아니라, 어디서 맛을 본 듯해서 그렇소."

"뭐, 어디서 여아홍을 먹어봤겠지."

"처음이오만."

"그래? 여아홍의 맛은 독특해서 다른 술과 확연히 다른데 말이지. 어디서 먹어본 거야?"

피월려는 기억을 더듬더듬 찾다 무심코 창밖을 보았다. 저 멀리 예화와 하룻밤을 보냈던 초라하기 그지없는 월루가 눈에 보였다.

저곳이 저리도 초라했나?

그때 피월려는 머리가 뻥 뚫리는 듯한 시원함을 느꼈다.

"노주(老酒)."

"응?"

"작년에 갑작스레 돈이 생겨, 난생처음 노주란 것을 먹어봤소. 그때 먹었던 노주의 맛과 이 맛이 매우 비슷한 것 같소."

나지오는 고개를 저었다.

"설마. 완전히 달라. 노주는 황주가 백 년 이상 묵어야 한다고. 한 사람의 일생보다 더 긴 시간이 필요한 술이니, 그걸 만들어서 파는 사람이 없어. 우연하게만 찾을 수 있지. 그래서 돈 좀 생겼다고 어디 가서 사 먹을 수 있는 게 아니야. 어디서 먹었는데?"

"요 앞에 있는 곳이오. 우연치 않게 들어왔다 했소. 기억이 맞는다면 금전 한 냥인가? 두 냥인가에 사서 먹었소만."

"참나. 금전 한 냥에 노주를 팔았다고? 딱 봐도 여아홍을 노주라 속이고 팔았구만? 피 후배, 사기당한 거야."

"그렇소? 그래도 아주 조금이지만 맛의 차이가 있소."

"뭔데?"

"향(香)이 더 적었고, 쓴맛은 더 강했던 것 같소."

"노주라면 쓴맛과 향이 더 강해야 돼. 향이 더 적었다면 이십은커녕 십 년밖에 되지 않은 황주라는 거고, 그럼에도 쓴맛이 강했다면 주정(酒精)을 섞어 판 거겠지."

"……"

"십 년짜리 황주를 금전 한 냥에 팔았다니, 그 집 기모는 재주도 좋아. 킥킥킥."

한번 기억나니 자세한 상황이 모두 그려졌다. 피월려는 예화와 나눈 대화를 기억할 수 있었다.

"생각해 보니, 사기를 당한 게 맞는 것 같소. 처음에는 황주라고 했다가 노주라고 말을 바꿨으니. 아마 내가 황주가 뭔지 자세히 모르는 걸 눈치채고는 한번 속여본 것이 틀림없소."

나지오는 웃음을 멈추지 않으며 말했다.

"어떤 여잔지 모르겠지만, 열 살 무렵에 너 같은 무림인 서방을 얻게 되다니, 웃기고 자빠질 일이군."

황주의 본래 이름은 소흥주(紹興酒)로, 소흥(紹興) 지역에 그 유래를 두고 있다. 여아가 태어나면 술을 담갔다가 그 여아가 시집을 갈 때 개봉하여 남편이 첫 잔을 마시고 하객들에게 나눠주는 풍습이 있었다. 한 상인이 이 유래를 상업적으로 활용하기 위해 여아홍이라는 이름을 붙이고 전국적으로 판매를 시작했고 작금에 와서는 중원의 고급 술로 자리 잡아 각지에서 양산하고 있었다. 전통적으로 여아홍은 이십 년산이 기본이기 때문에 여아홍이라 하면 양산된 이십 년산 황주를 말한다.

십 년산이라면 양산된 여아홍이 아니라 실제로 가정에서 담근 황주라 할 수 있다. 즉, 피월려가 먹은 여아홍은 그 주인이 있는 것이기에 나지오가 그런 농을 한 것이다. 십 년도 안 되어 파헤져진 것이면 그 여아는 이미 죽은 사람일 것이지만, 만약 살아 있다면 전통상 피월려가 그 아이의 신랑이 된다.

피월려도 마주 웃으며 말했다.

"무림인이 결혼은 무슨."

"낭인은 그렇겠지. 하지만 천마신교에서는 혼인을 올린 사람이 많아."

"그래도 이름도 모르고 생사도 모르는 열 살 여아의 신랑이 될 생각은 없소."

"킥킥킥."

그들은 한동안 그렇게 농을 주고받았다.

빈 여아홍이 하나하나 늘었고, 나지오와 피월려의 마음의 벽도 점차 허물어졌다. 평소에도 술을 먹었지만, 항상 정신을 놓지 않았던 나지오가 웬일인지 자기가 먹는 양보다 세 배는 넘어가는 양을 마셨다. 물을 먹는 건지 술을 먹는 건지 모를 정도로. 그걸 조금씩 받쳐주기만 했던 피월려조차 정신이 혼미할 지경이었다.

생각했던 것보다 지출이 많아지자 루주의 표정이 점점 더 어두워졌다. 그러자 나지오는 품에서 금 열 냥을 꺼내주었고, 두 말의 여아홍이 담긴 술통을 아예 방에 가져다 놓고 마시기에 이르렀다.

그 몸에 술이 다 어디로 들어가는지, 결국 그 바닥을 본 나지오가 새빨개진 코를 매만지며 말했다.

"조화경이라는 거, 진짜 귀찮아. 내가 일부러 막아도, 몸이 알아서 해독을 하니까. 이제 좀 시야가 흔들거리네. 젠장 맞을."

그의 발음은 꽤 부정확했다. 피월려도 술기운을 간신히 억누를 정도로 취했기 때문에 좀처럼 생각의 끈이 이어지질 않았다.

그 때문일까? 평소라면 절대 묻지 않았을 질문을 물었다.

"나 선배, 증인으로 날 선택한 이유가 무엇인지 물어봐도 되겠소?"

"응?"

"아무리 생각해도, 답이 하나밖에 안 나와서 그렇소. 그리고 그 답이 나를 매우 섭섭하게 하니, 묻지 않을 수가 없소."

"…말해봐."

"우선 신물주가 누군지는 아시오?"

나지오는 게슴츠레 눈을 떴다.

"너잖아."

"역시 아시는군. 지부장께서 말씀해 주셨으리라 생각하오만."

"응, 맞아. 박 장로가 말해줬지……."

"나를 증인으로 선택한 이유가……. 혹 그 때문이오?"

"그 때문이라니? 정확하게 말해봐."

"시험을 통과하여 부교주로 등극하면 바로 나를 죽여 신물주가 되기 위함이냐 물었어!"

조화경의 감각으로도 깜짝 놀랄 만큼 갑작스러운 외침이었다. 나지오는 황당해하며 말했다.

"갑자기 반말질이야, 이 미친놈이."

"그렇잖소. 그거밖에는… 없으니까. 씨발."

"얼씨구. 욕까지?"

"아닌가? 대답해 봐."

"……."

"맞지?"

흔들거리는 손가락으로 자기를 마구 가리키는 피월려를 보며 나지오가 나지막하게 중얼거렸다.

"맞다, 맞아. 박 장로가 그리하라 했지."

"젠장… 그럴 줄 알았다."

나지오는 단 한 번도 피월려의 이런 모습을 본 적이 없었다. 술자리에서도 절대 말을 놓지 않았고 속내를 잘 내비치지도 않았다. 그런데 오늘은 웬일인지 마음의 벽을 모두 헐어버린 것이다.

입신의 고수가 죽인다면 죽어야 한다. 파리 새끼처럼 죽어야 한다. 피월려는 그걸 알았다. 그렇기에 정면 돌파밖에 할 수 있는 것이 없다는 걸 잘 알았다. 나지오는 그 마음을 읽었고, 때문에 피월려의 반말과 욕을 충분히 이해할 수 있었다.

나지오가 새로 술병을 따서 들이켜며 말했다.

"킥킥킥. 아주 지랄을 해라. 너랑 나랑 얼마나 안다고 이래? 막말로 넌 네 목숨을 버려가며 내 목숨을 살릴 거냐? 대답해 봐."

피월려는 보란 듯이 정색하며 대답했다.

"절대로 안 살린다."

"거봐? 칫. 혈적현하고는 친우하기로 했다며? 나랑 술을 더 자주 먹었지만, 너는 내게 한마디도 없었지. 나도 네게 묻지 않았어. 결국 너나 나나 둘 다 서로 친우가 될 수 없음을 알았던 거지. 아니냐?"

"……."

"이제 와서 뭐래는 거냐. 킥킥킥, 웃긴 놈."

"……."

"그래도 걱정 마. 널 죽일 생각은 없으니까."

"헛소리. 조화경의 고수니 사람이 파리로 보이잖소? 내가 어떻게 막을 수단이 없어."

"진짜야. 죽일 생각이면 여기서 뭐 하러 술이나 먹자고 했겠냐?"

"……."

"박 장로 말에 거역할 때가 아니라서 수락한 거뿐이야. 그 간사하기 짝이 없는 놈은 내가 신물주가 돼서 교주를 물리쳐 주길 바라나 본데, 내가 그놈 생각대로 움직이겠어? 킥킥킥, 누구 좋으라고."

"정말이오?"

"뭐가?"

"정말로 나 죽이지 않을 거요?"

"응. 정말이라니까."

"좋아. 개 같은! 알았다. 나도 도와주지."

"뭘?"

"화산파 족치는 거. 나도 도와주겠소."

"……."

"시험 그거잖소? 자기 사문 족치는 거. 혼자 하는 게 법이라 지만, 그런 허술하기 짝이 없는 것 정도는 논리적으로 빗겨가 게 할 수 있지. 내 말발 잘 알잖소?"

"잘 알지."

"도와줄 테니까 나중에 배신이나 하지 마시오. 고문보다 익 숙해지지 않는 게 배신이오. 알겠소?"

"킥킥킥. 배신이라……."

나지오의 초점이 멀어지는 것을 본 피월려는 같잖다는 듯 이 비꼬았다.

"왜? 배신당해 봤소?"

"당했지."

"암만 그래 봤자, 백도 나부랭이였으면서 배신에 대해 뭘 알겠소? 낭인 세계에서 배신은 말도 못 해."

"자잘한 거 말고, 나는 크게 당했지."

"뭐? 친우한테 배신당했어?"

"아니."

"여자한테?"

"아니."

"스승한테?"

"아니."

"그럼?"

"부모한테."

"……"

"뭐, 결국 스승한테도, 여자한테도, 친우한테도 배신당하기는 했지만 그건 복수하면 되니까 상관없지. 배신이라 말할 것도 못 돼. 근데 부모로부터 당한 배신은 복수가 성립이 안 돼. 그거에 비하면 다른 건 배신 축에도 못 끼지."

"당신 인생도 뭐 같았겠어."

"어차피 곧 죽을 수도 있는데, 내 인생 얘기나 들어라. 그러라고 이 비싼 술들 들이붓는 거니."

피월려는 눈을 껌벅였다. 그러고는 숨을 깊게 내쉬었다.

"좋소, 토씨 하나 놓치지 않고 다 들어주겠소."

*   *   *

"여기 있소, 금전 열 냥이오. 다시는 이 아이를 찾지 마시오."

"암요. 걱정하지 마십시오."

집 안으로 들어가는 아버지는 눈도 마주치지 않았다. 여덟 살의 어린 나지오는 상황이 어찌 돌아가는지를 이해하지 못했다. 그는 자기의 어깨를 붙잡고 있는 남자의 손을 뿌리치며 창문 앞으로 달려갔다. 창문 안쪽으로는 그의 기둥인 부모님이 그의 맏형의 어깨를 부둥켜안은 채 울고 있었다.

작년 여름, 맏형과 장난을 치다가 흙벽에 구멍이 났는데, 그걸 아직도 메우지 않아 안의 소리가 그 작은 구멍을 통해 하나하나 다 들렸다. 차라리 그 구멍이 없었더라면, 마음에 비수가 되는 그 말을 듣지 않았을 텐데.

"이젠 너밖에 없다. 장남인 네가 열심히 공부해서 동생들을 찾아야 한다. 이 돈은 네 동생들의 피값이니 절대 게을리 공부해서는 안 된다. 알겠느냐?"

"예, 아버지……."

축 처진 맏형의 어깨를 아버지는 한쪽밖에 남지 않은 팔로 토닥였다. 사고로 팔 한쪽을 잃은 아버지는 일이 없었고, 그 결과 자식을 팔게 되는 상황까지 이른 것이다.

"오라버니……."

지금까지 울음을 그치지 않던 여동생, 나지영이 나지오를 불렀다. 여동생은 사내의 우악스러운 손에 붙들려 차마 뿌리치지도 못하고 그 자리에 주저앉아 있었다. 따스한 온기가 새어 나오는 방 안의 광경에서 나지오는 즉시 눈길을 돌렸다. 동생의 목소리가 그의 마음을 단단히 만들었다.

이제 동생을 지킬 사람은 자기밖에 없다.

"오호……."

나지오의 눈빛에서 빛나는 각오를 보며 중년 사내는 놀람을 표했다. 부모에게 버림받는 순간에, 저런 눈빛을 할 수 있는 아이가 몇이나 되겠는가? 저런 정신력이면 재능이 없어도 혹독한 훈련을 견뎌 검객으로서 한자리는 차지할 수 있을 것이다.

중년 사내의 입장에서는 일거양득(一擧兩得)이다. 그 중년 사내가 관심을 갖고 본 것은 여자아이뿐이었다. 나지오까지 산 이유는 순전히 그 여자아이의 정신적인 안정을 위해서 그런 것일 뿐이다. 그 정도로 여자아이의 재능은 값진 것이다. 그런데 남아까지도 재능이 엿보였다.

섬서성을 지배하는 두 세력 중 하나인 화산파는 매우 폐쇄적이기에 화산에서 좀처럼 나오는 법이 없었다. 반면에 종남파는 구파일방 중에서 가장 세속적인 곳으로 자신의 영역에 직접적인 세를 거둘 정도로 활동적이어서 섬서성 전체에 그 영향력을 가지고 있다.

그러나 지난 수백 년의 세월 동안, 화산파는 구파일방에서 소림파, 무당파와 함께 삼강(三强)으로 손꼽혔다. 위세는 높으나 세속적인 문제와 계속해서 부딪치는 종남파는 항상 파(派)와 가(家) 사이에서 자리를 잡지 못하고 내분이 끊이질 않았다. 그런 소모를 할 필요가 없던 화산파는 깊은 산속에서 제자들에게 정순한 내공을 가르치며 삼강의 자리를 굳건히 지켰다.

그러다 보니 종남파는 세력만 컸지 화산파에 항상 뒤처지는 꼴이었다. 양에서 앞섰지만 질에서 밀렸다. 그래서 종남파는 조금이라도 재능이 있는 아이는 무조건 먼저 끌어들이기 위해서 혈안이 되어 있었다. 백도문파의 무공은 양보다 질이 중요하다는 것이 진리이다. 재능이 있는 아이를 먼저 선점하는 것이 십 년, 이십 년 후의 판도를 바꾼다.

때문에 섬서성은 그 둘의 보이지 않은 패권 다툼으로 인해 양분되어 있었다. 그리고 지금까지도 그 다툼은 지겹도록 오래 지속됐다. 대외적으로는 구파일방의 일원들로 서로 협력하는 사이였기에 뚜렷한 결판을 낼 수 없었지만 암투로는 황궁

안 황비들의 암투보다 더하면 더했지 덜하진 않았다.

중년 사내는 나지영과 같이 근골이 좋은 여아가 아직도 발견되지 않았다는 게 믿기지 않았다. 그 정도로 그녀의 근골은 최상급이었다.

세속적인 종남파에서는 어떻게든 화산파를 이겨보고자 재능이 있는 아이들의 씨를 말릴 정도로 섬서성을 돌아다닌다. 아예 대놓고 그 일을 전문적으로 하는 자들이 있어 인신매매까지도 손을 뻗었다는 말이 나돈다. 그러니 홀로 제자를 찾기 위해서 여행을 나온 중년 사내가 이런 여아를 만난 건 천운이라 해야 할 것이다.

중년 사내는 나지오에게 말했다.

"네 부모는 너희를 버렸다. 이곳은 더 이상 네 집이 아니다. 지금 당장 미련을 버리고 새집으로 가야 한다. 그것이 속 편할 것이다."

"알고 있으니, 그리 확인시켜 주지 않아도 돼요."

나지오는 나지영에게 다가가 그녀를 등에 업었다. 두려움에 몸을 파르르 떠는 동생이 느껴진 그는 눈에 차오르는 눈물을 억지로 삼켰다. 그까지 울 순 없었기 때문이다.

"오라버니… 우린 어떻게 되는 거야?"

나지오는 떨리는 목소리를 최대한 가다듬으며 말했다.

"괜찮아. 내가 있잖아? 날 믿어. 내가 지켜줄게."

그 중년 사내와의 동행은 길었다. 열흘을 꼬박 걸었다. 그 와중 알게 된 건 그 중년 사내가 무림인이라는 것과 별호가 낙안청검(落雁淸劍)이라는 것뿐이다. 그의 이름도, 나이도 알지 못했다. 상황을 받아들이기 시작한 나지오가 질문을 던졌지만, 돌아오는 건 단답형의 대답이었다. 그 외에는 묵묵부답이었다. 낙안청검은 어린아이의 호기심으로도 깨부술 수 없는 과묵함의 소유자였다.

그들은 화산 낙안봉에 도착했다. 중인들이 입을 모아 찬양하는 화산의 절경도 부모에게 버림받은 아이들의 마음에는 전혀 들어오지 않았다. 낙안청검은 미리 연락을 취하여 진수성찬을 차리라고 명령했다. 그리고 일부러 하루 정도 나지오와 그의 여동생의 배를 굶겼다. 허기가 져 집 생각이 간절해진 그들을 억지로 낙안봉 중턱에 있는 도관까지 이끌고 갔다.

그곳에서는 나지오와 나지영이 평생 보지도 못한 음식들이 즐비하게 있었다. 한 입썩만 맛을 봐도 배가 터질 지경이었다. 더 먹지 못해 화가 날 정도로 그 음식은 너무 맛있었다. 나지오와 나지영은 처음으로 기쁨을 느꼈다. 가난에 찌들어 살았던 지금까지 단 한 번도 느껴보지 못한 풍족함이었다.

그렇게 배를 채운 그들에게 낙안청검이 다가와 말했다.

"너희들이 이곳에 머물고 식구가 된다면 이런 음식을 평생 먹을 수 있다. 하나 혹여 도망갈 생각을 하게 되면 집에 돌아가기도 전에 산짐승의 먹이가 될 것이다. 이곳은 중원에서도 험난하기로 유명한 화산이니, 집에 돌아갈 생각은 꿈도 꾸지 말거라."

나지오는 고개를 연신 끄덕였다. 맏형과 여동생만 편애했던 부모님의 얼굴은 이미 잊어버린 지 오래. 당장 이런 음식만 평생 먹으면 어디라도 갈 수 있다고 생각했다.

그러나 나지영은 그 말을 듣자마자 울음을 터뜨렸다.

"으앙, 엄마! 보고 싶어, 엄마! 으아앙."

갑자기 주저앉은 나지영을 보며 나지오는 순간 두려움이 생겼다. 이러다가 여기서도 버림을 받으면 어떡하지 하는 걱정이 머리에 가득 차 다른 생각을 할 수 없었다. 그는 낙안청검의 표정을 살피면서 나지영에게 다가가서 그녀를 혼냈다.

"뚝! 그만 울어! 어서 그만 울라니까!"

강압적인 목소리에 나지영은 겁을 먹고 울음을 멈췄다. 그녀가 기댈 수 있는 유일한 사람인 나지오가 화를 내자, 정말로 공포에 질려 버린 것이다. 나지오는 연신 낙안청검의 표정을 살피면서 그녀에게 귓속말을 했다.

"말 잘 들어야 돼. 안 그러면 쫓겨나서 산짐승한테 먹힐 거야. 알았지? 그러니까, 오라버니 말 잘 듣고……."

산짐승에게 먹힌다는 말에 나지영이 더욱 크게 울었다.

"으앙, 으아아앙!"

"조용히 해! 울지 말라고! 울지 마!"

그런데 나지오의 말을 듣는 낙안청검의 표정이 점차 굳었다. 그의 얼굴에서 표정이 사라지면 사라질수록 나지오의 마음속에서는 두려움이 커졌다. 여기서도 쫓겨나면 희망이 없다고 생각한 나지오는 다급한 마음에 팔을 들어 나지영의 등을 크게 때렸다.

"아아악!"

나지영은 고통에 비명을 지르며 주저앉았다. 그러고는 몸을 웅크리며 나지오를 원망 어린 시선으로 보았다. 그녀는 입술을 깨물며 울음을 참았다. 더 울었다가는 마귀 같은 표정을 한 나지오가 더 때릴 것 같았기 때문이다.

나지오는 얼굴을 확 바꾸어 애써 실실 웃었다. 그러면서 낙안청검을 보며 비굴하게 말했다.

"죄, 죄송해요. 헤헤. 애가 아직 어린애라 그래요. 울지 않을 거예요. 제가 잘 가르칠게요."

나지오의 말에도 낙안청검의 표정은 굳은 그대로였다. 나지오는 끔찍한 공포를 느꼈고, 그로 인해서 나지영을 더 때리려 했다.

탁!

나지오는 그의 팔을 잡은 여인을 올려다보았다. 중년의 여인으로, 눈빛이 매섭기 그지없었다. 그 여인이 나지오를 뚫어

져라 보며 말했다.

"낙안청검께서는 왜 지켜만 보고 계십니까?"

낙안청검은 나지오를 냉혹한 눈길로 쳐다보다 이내 그 중년 여인에게 말했다.

"지금 막 막으려는 참이었소."

중년 여인은 나지오의 손을 놓았다.

"재능 있는 아이를 찾으러 하산하셨다는 소식은 들었습니다만, 여아를 같이 데려올 줄은 몰랐습니다."

낙안청검이 고개를 돌려 그 중년 여인을 보았다.

"여아만 데려온 것이오."

"예?"

"남아는 그 여아의 오라비이기 때문에 같이 데려온 것뿐이오."

"……."

"재능이 조금 보였는데, 내 착각인 듯하오. 하여간 여아는 옥녀봉(玉女峰)에서 데려갈 것이오? 아님 연화봉(蓮花峰)에서 데려갈 것이오?"

화산파는 본래 화산 오봉에 위치한 다섯 도문에 근본을 둔다. 옛날 옛적 화산의 정기에 자연스레 도인들이 모여 화산의 오봉인 옥녀봉, 연화봉, 조양봉(朝陽峰) 낙안봉(落雁峰) 그리고 운대봉(雲臺峰)에 자리 잡았고 그들이 모여 화산파를 이뤘다.

그중 여인들이 있는 곳은 옥녀봉과 연화봉이었다.

"그것을 정하기 위해 온 것입니다."

중년 여인은 힘없이 앉아 있는 나지영을 양손을 붙잡고 내력을 불어넣어 일으켜 세웠다. 두 손을 통해 들어오는 이질적인 힘에 나지영이 눈을 동그랗게 뜨고 자기의 몸을 바라보았다.

낙안청검이 물었다.

"어떻소?"

중년 여인이 심호흡을 하며 내력을 가라앉혔다.

"십 년만 지나면 화산파의 젊은 제자들이 모두 사모할 만큼 외모가 출중할 것으로 보아 옥녀봉에 어울리는 아이입니다. 그러나 최상급의 근골을 타고난 것이 너무나 아까워 연화봉에 가는 것이 마땅하다 봅니다."

"최상급 근골과 미모를 동시에 갖춘 여고수는 매우 찾기 힘든 법이오. 초절정고수가 될 만한 기재는 충분히 있으니 미모가 상하지 않는 무공 위주로 가르쳤으면 하오. 극상의 미모가 있다면 절정으로도 충분할 것이오."

화산파의 여제자들은 구파일방의 여고수 중에서 가장 미녀로 손꼽힌다. 이는 옥녀봉에서 외모가 어여쁜 소녀들만 제자로 받는 특이한 이유 때문에 그렇다. 가르치는 무공도 외모에 좋은 영향을 끼치는 것만 가르치며 먹는 음식부터 치장하는 법까지 모두 외모 중심으로 돌아간다.

그 반면에 연화봉에서는 철저하게 무공만 가르친다. 그곳에서는 오로지 무학만을 극한으로 몰고 간다. 여성적인 아름다움이 상하는 것조차 개의치 않을 정도다. 오로지 무공에만 전념하는 연화봉의 여제자들은 화산의 남고수들과 비교해도 그 검 솜씨에 있어 떨어지는 것이 없었다. 미녀가 아니더라도 화산의 제자가 될 수 있는 대신 순수하게 검학(劍學)을 좇는다.

화산파는 도교에서 유래했지만, 불교, 심지어 유교까지도 공부한다. 그들의 철학은 그들만의 것이고, 그들만의 논리가 따로 있다. 화산파에서는 아름다움을 가꾸는 것 또한 입신에 들어서는 데 중요한 작용을 한다고 보기에, 옥녀봉의 여제자들뿐만 아니라 화산파 고수들은 기본적으로 멋을 중시한다. 그들을 대표하는 무공인 매화검법이 예술에 가까운 검술이라는 것만 봐도 잘 알 수 있다.

낙안청검은 나지영이 옥녀봉에서 수련하여 미모를 잃지 않기를 바랐다. 검봉(劍鳳)의 자리는 항상 화산파의 여고수가 이어받는 것이고 그래야만 하는 것이다. 대대로 이어온 검봉의 다음번 자리를 확고히 하기 위해서라도 나지영은 미모를 유지해야 했다.

중년 여인도 그 점을 깨닫고 물었다.

"검봉의 자리를 염두에 두시는 겁니까?"

낙안청검이 고개를 끄덕였다.

"후기지수 중 용의 자리를 내주는 한이 있어도 봉의 자리는 절대 양보할 수 없는 것이오. 검봉의 자리를 위해 그 아이를 양육하는 것이 좋을 것 같소."

중년 여인이 웃었다.

"낙안봉의 일이 아니면 아무런 관심도 보이지 않던 낙안청검께서 어찌 여아를 데려왔나 했더니, 그런 숨은 의중이 있었군요."

"내 아무리 낙안봉에만 마음을 둔다 하여도 화산파 전체의 미래까지 무관심할 수는 없는 것이오. 장문인께는 내가 직접 말씀드리겠으니, 그 부분은 걱정하지 않으셔도 되오."

현 화산파 장문인인 향검(香劍) 정충은 낙안청검의 친형이다. 지금까지도 각별한 사이로, 장문인은 낙안청검의 말이라면 자다가도 들을 정도로 그를 신뢰한다.

중년 여성은 다시 웃었다.

"그렇게까지 해주시면 감사할 따름입니다. 그럼 이 아이를 데려가도 되겠습니까?"

"물론이오. 이제 막 여섯을 넘겼으니 늦은 감이 있소. 서둘러 수련을 시작해야 할 것이오."

"그렇습니까? 너무 늦지는 않아 다행이군요. 그럼 이 아이는 제가 데려가도록 하겠습니다."

중년 여인은 손날을 들어 나지영의 뒷목을 내려쳤다. 나지영은 즉시 정신을 잃으며 혼절했고, 그 몸을 받아 어깨에 둘러멘 중년 여인이 보법을 펼치며 나지오의 시야에서 사라졌다.

나지오는 주먹 쥔 양손을 부들부들 떨면서도 아무것도 할 수 없었다. 그는 낙안청검의 얼굴을 올려다보며 소리쳤다.

"제 동생을 어디로 데려간 거예요!"

그는 손을 들어 북쪽을 가리켰다.

"저기 앞에 솟아난 것이 옥녀봉이다. 네 동생은 저 산의 정상에서 수련할 것이다."

"······."

나지오는 옥녀봉을 보며 침을 꿀떡 삼켰다. 드높은 봉우리는 하늘을 뚫어버릴 듯 솟아 있었고, 나지오가 있는 낙안봉과 옥녀봉 사이에는 깊은 절벽이 있었다. 우거진 숲은 말할 것도 없고 중간중간 보이는 낭떠러지들은 그 끝이 보이지 않았다. 뿐만 아니라 거리 자체도 너무 멀었다. 그냥 아무것도 없는 허허벌판이라 할지라도 삼 일은 족히 걸릴 것 같았다. 그런데 온갖 산짐승이 있는 숲과 험한 지형을 뚫고 가려면 얼마나 걸릴지 상상조차 할 수 없었다.

옥녀봉까지 가는 건 불가능해 보였다.

나지오가 아무런 말도 하지 못하자, 낙안청검이 말을 이었다.

"한 달에 한 번 보름이 되었을 때, 네 동생을 보게 해주겠다. 그때 말고도 동생을 보고 싶다면 알아서 다녀야겠지."

"저, 저런 곳을 어떻게 혼자 다녀요?"

"화산파의 제자들은 모두 오봉을 자유롭게 다니는 경공을 펼칠 수 있다. 무공을 익히면 구름을 발판 삼아 자유로이 움직일 수 있지."

"그, 그럼 저도 무림인이 되는 건가요? 무공을… 배우는 건가요?"

나지오의 물음에 낙안청검이 콧방귀를 뀌었다.

"네놈은 하인이 어울린다."

"그, 그런."

"내가 말한 건 네 동생 이야기다."

"……."

"왜? 왜 그리도 분한 표정이냐?"

"불공평해요. 왜 동생만 무공을 가르쳐 주는 것이죠?"

"타고났으니까."

"……."

땅을 향한 나지오의 눈빛에는 독기만 가득했다. 아무리 다른 이에게 관심이 없는 낙안청검이지만, 어린아이의 마음에 한을 남기고 싶지 않았던 낙안청검은 넌지시 말했다.

"좋다. 네게도 무공을 가르쳐 주마."

나지오는 너무나 기쁜 마음에 높이 깡충 뛰며 물었다.

"저, 정말요?"

"그래. 네놈 스스로 포기하게 된다면 더 이상 귀찮게 하진 않겠지."

"흥! 걱정 마세요. 익혀 보이겠어요!"

나지오의 열정은 어느 때보다 빛났다. 맏형에게 모든 것을 빼앗긴 그에게는 기회라는 것조차 없었다. 때문에 기필코 인정을 받고야 말겠다는 생각이 마음에 불을 지핀 것이다.

하지만 그 열정은 오래가지 못했다.

애초에 나지오는 천자문(千字文)도 제대로 익히지 못했다. 그러니 무공의 구결을 이해할 수 있을 리가 없었다. 구결을 읽으면 그중 모르는 한자가 반 이상이었다. 낙안청검도 그를 진지하게 가르칠 마음이 없었기 때문에, 책자를 던져줄 뿐 구결에 대한 설명도 잘 해주지 않았다.

처음에는 구결의 모든 한자를 외우다시피 했다. 한자를 모르면 그 모양을 외웠다. 빨래를 하면서도 땅에 그렸고 음식을 하면서도 땅에 그렸다.

하지만 발전은 없었다. 나지오는 그보다 한참 어린아이들과 같이 청소를 하고, 빨래를 하고, 음식을 했다. 그 아이들이 검을 잡고 무공을 익혀 발전해 나갈 때도 그것을 바라만 봐야 했다. 잠을 줄여가며 토납법을 해도 내력은 전혀 생기지 않았고, 다른 아이들이 나누는 대화에 전혀 참여할 수 없었다. 공감도, 이해도 할 수 없었기 때문이다.

나지오는 무공에 재능이 없었다. 그걸 깨닫는 데 반년이 걸렸지만, 받아들이지 않았다. 그렇게 일 년이 지나자, 그는 완전히 포기했다. 그래도 외운 구결을 시간이 날 때마다 땅바닥에 쓰긴 했지만 순전히 버릇이기 때문이지, 어떤 도움이 될 거란 희망은 없었다.

"오라버니! 이번에 새로 배운 거예요! 한번 봐봐요!"

그 달 보름이 되어 스승과 함께 찾아온 나지영은 벌써부터 화산파의 어엿한 제자가 된 것 같았다. 일곱 살밖에 되지 않은 주제에 화산파의 제자의 옷을 입고 화산파의 문양이 각인된 목도를 휘둘렀다. 깃털처럼 가볍게 몸을 다루면서 검을 뻗는데, 그 검이 만든 바람으로 바닥에 떨어진 매화 꽃잎이 그녀의 몸을 감싸 안아 마치 매화의 선녀라도 된 것 같았다.

나지오는 이를 바득 갈았다.

"오, 오라버니?"

"으응?"

"화… 난 거예요?"

나지오는 억지로 얼굴 근육을 폈다.

"아니야! 내가 무슨 화를……. 근데 그 검술 정말 멋있다. 대단해!"

"그, 그렇죠? 헤헤. 난 또 오라버니가 화난 줄 알았어요."

"아니야. 잘못 봤겠지. 그나저나 그거 다시 보여줘! 너무 멋있다!"

"네!"

나지영은 다시 검술을 펼쳤고, 나지오는 가만히 앉아 그것을 지켜보는 것 외에 할 수 있는 것이 없었다.

검술을 끝마친 나지영이 땀을 훔치면서 문득 물었다.

"오라버니는 뭐 배웠어요?"

"으응?"

"무공 말이에요. 뭐 배웠어요?"

나지오는 순간 당황했지만 얼른 기색을 감추고는 주먹을 꽉쥐며 말했다.

"이름하여! 필살권공(必殺拳功)!"

나지영이 두 손을 꽉쥐며 놀랬다.

"우와! 필살권공이요? 대단해요! 보여줘요! 보여줘요!"

"으응? 그, 그게……."

"보고 싶어요. 보여줘요."

"아. 그게 말이지? 절대 보여줄 수 없어. 필살권공은 한번 펼치면 무조건 상대방이 죽어버리는 거라서. 필! 살! 이잖아? 이건 화산파의 비기(秘技)이기 때문에 절대로 공개하면 안 된대."

나지영은 실망한 듯 고개를 숙였다.

"그, 그래요? 알았어요."

나지오가 가슴을 탕탕 치며 말했다.

"나중에 적을 만나면 꼭 보여줄게! 꼭이야!"

하지만 그런 기회는 오지 않았다.

시간이 흐르고 또 흘러도 나지오는 변하는 것이 없었다. 문턱에 앉아 마당에서 나지영의 검무를 바라보는 것, 그뿐이었다. 하지만 나지영은 매달 몰라보게 달라졌다. 점점 더 아름다워졌고, 점점 더 고결해졌다. 그녀의 외모가 선녀처럼 변해갈 때, 나지오의 외모는 하인의 것처럼 변했다.

나지오는 모든 사람에게 하인처럼 취급받았다. 낙안봉의 모든 스승들이나 동문들은 그를 하인처럼 여겼다.

원래 구파일방에는 하인이 없다. 어린 제자들이 허드렛일을 하는 것이 백도문파의 전통이다. 무공을 익혀 무림인이 되면 범인을 경시하는 경향이 없지 않아 있기 때문에, 바른 인성을 교육하기 위함이다.

그러나 낙안봉에는 있었다. 허드렛일은 대부분 귀찮은 일이기 때문에, 나지오가 무공에 소질이 없다는 걸 알게 된 동문들은 그에게 허드렛일을 맡기기 시작했다. 처음에는 무공을 잘 가르쳐 준다는 핑계로 시작했지만, 시간이 지나자 그가 허드렛일을 하는 것이 당연한 일처럼 변했다. 특별히 엄선하여 뽑은 동문들과는 비교할 수 없이 낮은 자질을 가진 나지오는 끈질기게 그를 괴롭히는 열등감을 이기지 못하고 스스로 하인이 되는 것을 자처하기까지 했다.

그러나 그녀의 동생 앞에서만큼은 내려놓았던 자존심이 결코 죽지 않았다. 평소에는 시체나 다름없는 자존심이 보름만 되면 지극히 높은 낙안봉만큼이나 우뚝 섰다. 때문에 그는 무공을 배우지 못했다고 끝까지 말하지 못했다. 무공 구결을 억지로 외우면서 자기가 잘 모르는 글자를 마치 아는 것처럼 바닥에 쓰고는 온갖 허세 섞인 말을 아무렇게나 지껄였다. 하지만 절대 몸소 시전해 보이지는 않았다. 아니, 못했다. 나지영은 항상 나지오가 익히는 무공을 궁금해했으나, 그때마다 나지오는 화산파의 비기라 절대로 보여줄 수 없다면서 변명했다.

하지만 그 거짓말도 오래가지 못했다.

오 년이 지나 나지오가 열셋, 나지영이 열하나쯤 되었을 때, 나지영이 처음으로 보름이 아닌 날에 찾아왔다. 뛰어난 오성으로 경공을 빠르게 익혀 오 년 만에 옥녀봉에서 낙안봉까지 홀로 올 수 있게 된 것이다.

그렇게 오라버니를 만나러 온 나지영은 그것을 자랑하고 싶어 나지오를 찾아 나섰다. 그런데 그녀가 본 나지오의 모습은 예상과 너무 달랐다.

나지오는 낙안봉의 제자들이 수련하고 있을 때에 옆에서

수건과 목검을 들고 서 있기만 했다. 그러다가 누군가 그에게 소리쳤다.

"야! 병신 까마귀! 여기 목검 부러졌다."

"아! 예!"

나지오는 잽싸게 달려가 새로운 목검을 내주었다. 그리고 부러진 목검의 파편을 찾아 땅바닥을 뒤적거렸다. 나지오는 그렇게 흙먼지를 먹어가며 남들의 종노릇이나 하고 있었다.

"어! 어어! 옥소녀(玉小女)다!"

"뭐? 어디어디? 그 유명한 옥녀봉의 옥소녀? 정말이야?"

"옥소녀가 여기 왜 있어? 어? 정말이네! 와, 너무 예쁘다!"

나지영을 발견한 낙안봉의 제자들이 웅성웅성거렸다. 당황한 나지영은 서둘러 경공을 펼쳐 물러나려 했지만, 막 돌아서려는 사이에 나지오와 눈이 마주쳐 버렸다.

나지오는 심장을 죄는 수치심에 들고 있던 수건과 목검을 모두 땅에 떨어뜨렸다. 나지영은 자신의 오라비가 하인에 불과하다는 사실을 믿을 수 없다는 듯, 옥구슬 같은 눈물을 떨어뜨리고는 경공을 펼쳐 사라졌다.

나지오는 삼 일 밤낮 동안 잠을 설쳤다. 도저히 동생의 얼굴을 볼 염치가 없었기 때문이다. 하지만 무심하게도 시간은 흘러 보름이 되었고, 나지오는 온갖 걱정을 다 하면서 방 안에서 나오지 않았다.

아침이 되고 점심이 되었다. 나지오는 혹시 모른다는 생각에 방 밖을 슬쩍 보았는데, 마당에는 아무도 없었다. 해가 지고 저녁이 되어 보름달이 떠오를 때까지 나지영은 찾아오지 않았다.

나지오는 무슨 일인지 낙안청검에게 물어봤다. 낙안청검은 다음 날 답을 주었다.

"스스로 오지 않겠다 했다더구나."

"저, 정말이에요? 지영이가 그런 말을 했다고요?"

"그래."

"……."

"잘 지내고 있으니 걱정하지 말라 했다."

낙안청검은 언제나처럼 냉정했다. 그는 조금의 위로도 없이 자기 할 일을 하러 가버렸고, 나지오는 오래전 느꼈던 감정을 다시금 느낄 수 있었다.

제육십이장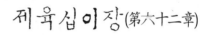(第六十二章)

한(恨).

그는 가슴을 가득 채운 원통함에 무작정 뛰쳐나갔다. 오년 만에 처음으로 낙안봉 중턱에서 하산한 것이다.

처음 한 시진 정도까진 괜찮았다. 길이 있었기 때문에 길을 따라만 가도 되었다. 하지만 길은 점차 희미해졌고, 결국 사라졌다. 화산파의 제자들은 봉에서 봉으로 움직일 때 경공을 펼쳐 움직이기 때문에 사이사이에는 경공의 길이 나 있다. 하지만 그것은 범인의 입장에서는 절대 길이라 생각할 수 없는 길이며 알아볼 수도 없는 길이었다.

결국 나지오는 길을 잃어버렸다.

하루가 지나고 이틀이 지나고 삼 일이 지나자, 그는 더 이상 움직일 기력을 얻지 못했다. 이를 악물고 기필코 옥녀봉에 도착하리라는 그 결심은 온데간데없이 사라졌다. 죽음의 공포에 짜디짠 울음이 나왔고, 똥오줌을 지렸다.

그는 거지꼴이 된 상태로 조용히 죽음을 기다렸다.

"오라버니! 오라버니!"

희미한 귓가에 들리는 목소리는 동생의 그것이었다. 나지오는 정신을 잃었고, 다시 눈을 뜨니 침상 위에 있었다.

숨을 쉬는 것도 힘든 와중에, 그의 옆에는 도저히 자기 동생이라고 믿어지지가 않는 소녀가 있었다. 너무나 아름다운 그 소녀는 감히 그가 범접할 소녀가 아닌 것 같았다. 남들이 왜 나지영을 옥소녀라 말하는지 알 것 같았다.

나지오는 참을 수 없는 울분을 느꼈다. 그는 평생 처음으로 그것을 동생 앞에서 토해냈다.

"가."

"……."

"가라고. 가서 무공이나 익히라고."

"흐, 흐흑! 흐흑!"

"가버리라고!"

"오라버니! 너무해! 내가 오라버니를 찾으려고 얼마나……."

"꺼지라니까!"

"……."

"꺼져."

나지영은 울음을 흘리며 뛰쳐나갔다.

나지오의 눈빛은 악마의 그것과 같았다.

방으로 들어온 낙안청검이 그 눈빛을 보곤 말했다.

"무공을 익히고 싶으냐?"

"미친 듯이 익히고 싶어요."

"얼마나?"

"못 익히면 차라리 죽을 거예요. 자결할 거예요."

"자결?"

"거짓말하는 거 아니에요."

"……."

"제가 장난하는 거 같죠?"

나지오는 오른손을 입에 집어넣어 혓바닥을 길게 끄집어냈다. 그러고는 양손으로 혀를 꽉 붙잡고는 힘껏 깨물었다. 아니, 깨물려 했다.

입안에서 피 맛이 느껴졌다. 그건 나지오의 혓바닥에서 나는 피가 아니라, 제때에 맞춰 입에 넣은 낙안청검의 손가락에서 배어 나오는 피였다.

"아니, 진심임을 안다. 내가 가르쳐 주마. 정식으로. 그러니 자결하지 마라."

낙안청검은 손가락을 빼내고 천으로 지혈했다. 나지오가 물었다.

"갑자기 왜 그런 말을 하시는 거죠? 제겐 재능이 없다면서요? 하인이 어울린다면서요?"

"내가 너를 처음 보았을 때 봤던 그 눈빛이 보인다. 그때보다 더 활활 타오르는 그 눈빛이. 혹시나 네게 그 눈빛을 다시 볼까 하여 거둔 것이 이렇게 결실을 맺는구나."

"……."

"내가 네게 가르쳐 주려는 무공은 위험천만하기 그지없느니라. 한번 배우면 중단할 수도 없고, 대성할 확률도 극도로 낮다. 하지만 장점이 있다면 성취에 있어 재능과 무관하다는 거지."

"재능과 무관하다고요? 세상에 어떤 무공이 재능과 무관하다는 거예요?"

"이 무공은 그러하다. 배워보겠느냐? 다시 말하지만 생명을 걸어야 할 것이다."

나지오는 주저하지 않았다.

"배우겠어요."

"좋다. 서둘러 쾌차하고 내게 찾아와라. 즉시 가르쳐 주마."

낙안청검이 나가고 나지오는 난생처음으로 어떤 감정을 느졌다.

희(喜)?

낙(樂)?

아니다.

그런 것보다는 훨씬 어두운 것이다.

절대 비교할 수 없이 짜릿한 것이다.

"킥, 킥킥킥, 킥킥킥!"

나지오는 처음으로 자기 자신의 웃음소리를 들을 수 있었다. 마음속 가장 깊은 곳에서 흘러나오는 진실된 웃음을 말이다.

몸이 다 나을 때까지, 그는 침대에 누워 눈을 감고는 무림인이 되는 자기 자신을 상상했다. 나무 위로 날아다니며 구름을 바닥 삼아 검 한 자루로 산을 쪼개는……. 그는 자기의 상상 속에서 신이 되어 세상을 지배했다. 그런 그를 땅 아래에서 그의 부모와 맏형, 그리고 동생이 존경 어린 시선으로 우러러보고 있었다. 옆에는 동문들이 오체투지(五體投地)를 하며, 낙안청검은 만만세를 외쳤고, 얼굴 한번 본 적 없는 장문인까지 무릎을 꿇고 있었다.

침상 위에서 아무것도 못 하고 몸을 회복하기만 하는데도 그는 결코 지루하지 않았다. 설레는 마음을 진정시켜야 잠을 이룰 수 있을 정도로 그는 낙안청검의 말을 찰떡같이 믿었다.

칠 주야 정도가 흘러 몸의 기력을 완전히 회복하자, 낙안청검이 그를 불렀다. 달이 하늘 높이 떠 있는 야심한 시각이었다.

"지금부터 일어나는 모든 일을 잊어야 할 것이다. 나와 함께 행동한 것과 누구를 만났다는 것과 무엇을 했는지, 그 모든 것을 잊어버려라. 오늘 너는 또다시 네 누이를 찾아 낙안봉을 하산한 것이다. 그리고 길을 잃은 것이지, 알았느냐?"

나지오는 연거푸 고개를 끄덕였다.

"당연하죠. 킥킥."

나지오의 눈은 기대가 가득했다. 아무도 모르는 비밀 수련이라니. 그가 침상에서 꿈꿔오던 전설의 시작과 정확히 맞아떨어졌다. 나지오는 그렇게 열세 살의 나이에 인생의 두 번째 전환점을 맞이했다.

그들은 두 시진 이상을 낙안봉 정상을 향해 걸었다. 낙안봉은 검처럼 솟아 오른 모양새를 하고 있었기 때문에 위로 걸으면 걸을수록 지형이 험난하게 변했다. 짐승조차도 잘 다니지 않는 그곳은 열세 살의 나지오가 걷기에는 너무나 위험했다.

낙안청검이 이를 모르지는 않을 터. 나지오는 안간힘을 써서 낙안청검의 뒤를 바짝 쫓았다. 절대로 뒤처지지 않기 위해서 이미 풀린 다리 근육에 억지로라도 힘을 짜 넣었다. 그러면서도 그는 내심 기뻤다. 당장 눕고 싶을 정도로 고단한 행보였지만, 이것이 화산파의 비기를 익히기 위한 자격을 알아보는 시험이라고 자기를 설득하니 오히려 기쁨이 넘쳤다. 몸이 힘들면 힘들수록 그것을 견뎌내는 자기가 너무 대견스러웠고 그로 인한 성취감이 몸을 감싸 안았다. 오 년간 열등감에 난도질당한 그의 자존심이 점차 생기를 되찾고 마음에 자리 잡기 시작했다.

세 시진을 꼬박 걷자, 낙안청검이 멈췄다. 그는 뒤에서 땀을 뻘뻘 흘리며 쫓아오던 나지오를 보고는 한마디 했다.

"대견하구나. 한 번을 도와주지 않았는데, 별 탈 없이 이곳까지 따라오다니."

나지오는 말할 힘도 없었기에 옅은 웃음으로 대답을 대신했다. 그러나 그는 속으로 뛸 듯이 기뻐했다. 낙안청검에게 칭찬을 받은 건 처음이었기 때문이다. 아니, 칭찬이라는 걸 받은 적이 처음인 것 같았다.

그런 그의 눈길에 문득 낙안청검의 앞에 위치한 동굴이 보였다.

대악지옥(大惡地獄).

무시무시한 글귀로 그렇게 쓰여 있었다. 지옥이라는 단어를 기억해 낸 나지오는 하얗게 겁에 질렸다. 그 글귀를 읽고 나니 동굴 자체가 악마의 주둥아리 같았기 때문이다. 안에서 들리는 바람 소리는 마치 살갗을 베어버릴 것 같았다.

"들어가자."

낙안청검이 툭하니 말하더니, 안으로 쏙 들어가 버렸다. 동굴 안은 어찌나 어두운지, 그가 두 발쯤 걸어가자 그의 모습을 찾을 수 없었다. 나지오는 순간 고민했지만, 어차피 목숨을 걸기로 한 각오를 떠올리며 떨어지지 않는 발걸음을 겨우 옮기기 시작했다.

저벅저벅.

작은 발소리조차 메아리가 되어 귓가에 머물렀다. 그 소리가 쌓이고 쌓이다 보니, 수많은 사람이 나지오를 둘러싸고 있는 것 같은 착각이 들었다. 그는 양손을 들어 귀를 막고는 서둘러 낙안청검을 따라갔다.

얼마나 내려갔을까?

한쪽 벽이 마치 쇠창살처럼 된 곳이 나왔다. 나지오가 자세히 보니, 쇠가 아니라 종유석과 석순이었다. 천연적으로 만들어진 감옥, 그 안에는 시체처럼 보이는 노인이 한 명 있었다. 시체가 아니라 시체처럼 보인 건 그 노인의 두 눈이 어둠 속에서 시뻘겋게 빛나며 아직 생명이 다하지 않았다는 집념을 사방으로 표출하고 있었기 때문이다. 마치 절대로 죽을 수 없다는 아집이 내포되어 있는 것 같았다. 나지오는 숨이 막히는 것 같은 공포를 느끼고는 허겁지겁 낙안청검 뒤에 몸을 숨겼다.

낙안청검이 허리춤에서 검을 뽑았다. 나지오는 그가 검을 뽑는 것을 난생처음 보았다. 푸른빛의 장검은 그 어둠 속에서도 맑은 빛을 내며, 동굴 속 음침한 기운을 몰아내었다.

"내력이 다하여도 아직까지 마성을 잃지 않았나? 마인이지만 대단하다 말하지 않을 수 없군."

그 노인은 귀까지 찢어지는 웃음을 얼굴에 그렸다.

"아이를 데려온 것을 보니, 마음을 정했나 보군."

한마디였지만, 이는 낙안청검의 속내를 정확하게 짚은 것이다. 낙안청검은 더러운 것을 보았다는 듯 침을 탁 뱉고는 말했다.

"이 아이를 가르쳐라. 안전하다 판단이 서면 너를 풀어주겠다."

그 말을 남긴 낙안청검이 몸을 돌렸다. 당연히 나지오도 그를 따라 몸을 돌렸는데, 낙안청검은 나지오가 따라오게 놔둘 생각이 없는 듯했다. 낙안청검은 검집으로 떡하니 나지오의 앞길을 막고는 그에게 말했다.

"저자에게 무공을 배워야 한다."

"예?"

"저자가 무공을 가르쳐 줄 것이다."

"하… 하지만 저 노인은 화산파의 제자로 보이지는 않아요."

"비기를 익히다 저리된 것이다. 내 말대로 하면 너도 무공을 익힐 수 있을 것이다."

"아……."

"보름 뒤에 찾아오겠다. 그때까지 모든 것을 완전히 숙지해라."

낙안청검은 그 말을 남기고는 경공을 펼쳐 순식간에 사라졌다. 나지오는 홀로 동굴에 남겨지자 살결이 떨리는 오한을 느꼈다.

"이리 오너라."

노인의 목소리는 저승의 소리 같았다. 나지오는 종유석까지만 갔다.

"왜, 왜요?"

"옷을 벗어라."

"그게 무슨 말이에요?"

"네 체질을 보고자 함이니."

뭔가 수상쩍었지만 나지오는 순순히 옷을 벗었다. 그 노인은 혈광(血光)을 내뿜는 눈으로 찬찬히 나지오의 몸을 둘러보더니 말했다.

"육체적으로는 아주 자질이 없는 건 아니구나. 괜찮아. 나쁘지 않아."

나지오는 기어가는 목소리로 중얼거렸다.

"자질이 없다고 했는데……."

"그럼 답은 하나지. 머리가 안 돌아가는 거."

"……."

"그래도 네 눈빛에는 총명함이 느껴진다. 분명 낙안청검이 잘못 본 게지."

그 말을 듣자, 지금까지 느꼈던 의심과 두려움이 단번에 사라지는 것 같았다. 나지오는 종유석을 두 손으로 잡고, 큰소리로 그 노인에게 물었다.

"저, 정말이에요? 그, 그럼 제가 비기를 익힐 수 있는 건가요?"

노인은 웃었다.

"껄껄껄. 비기라……. 낙안청검이 비기라 했느냐?"

"그럼 아닌가요?"

"비기 맞지. 암, 그렇고말고. 그러나 비기인 만큼 그 부작용이 심하다."

"상관없어요! 어떤 부작용이 있어도 꼭 익히고 말겠어요."

혈광이 더욱 붉게 빛났다.

"부작용이란 말을 듣고도 두려워하기는커녕 오히려 좋아하다니……. 부작용이 뭔지 묻지도 않고 무작정 하겠다는 거냐? 낙안청검이 아주 물건을 데려왔구나. 무엇이 너를 그리 몰아붙였느냐?"

"……."

"모르느냐? 아니면 대답하기 싫은 것이냐?"

"강해지고 싶어요."

"뭐?"

"그냥 강해지고 싶어요."

"왜?"

"더 이상 괄시당하기 싫어요."

"껄껄껄. 괄시라……. 껄껄. 그래. 괄시당하는 것만큼이나 광기를 키우는 것도 없지. 밖으로 표출되지 못하는 악감정이 속에서 돌고 돌면서 알아서 정제되니, 광기를 마기로 바꿀 것도 없이 알아서 마기가 쌓인다."

나지오는 마기라는 말을 자주 들어봤다. 화산파에서는 수련을 게을리하거나, 혹은 나쁜 생각을 품게 되면 그것이 마기의 영향이라고 가르치기 때문이다. 그는 초조한 듯이 두 손을 모으고 말했다.

"제 안에 마기가 쌓여 있다면……. 화산파의 비기를 못 배우는 건 아니겠죠?"

"물론 아니다. 오히려 그 마기를 이용하는 것이 화산파의 비기이니라."

"그, 그런. 말도 안 돼요. 화산파의 무공은 오로지 정순한 것으로……."

노인은 동굴이 떠나갈 정도로 큰 소리로 웃으며 나지오의 말을 잘랐다.

"껄껄껄! 괜히 비기라 그러겠느냐?"

"……."

노인은 한참을 더 웃다가 물었다.

"낙안청검이 왜 너에게 비기를 가르쳐 주려고 그러는 줄 아느냐?"

"사부님께서는 제 눈빛이 좋다고 하셨어요."

"그건 자격이다. 내가 묻는 건 목적이다."

"예?"

"낙안청검이 왜 네가 비기를 익히길 원할까? 그가 원하는 것이 무엇일까? 그의 목적은 무엇일까? 생각해 보았느냐?"

이제 막 열세 살이 된 나지오는 아직 그 정도로 다른 사람의 생각을 판단할 능력이 되지 못했다. 그는 막연하게 대답했다.

"사부님은 묵묵하시지만 화산파를 사랑하시는 분이세요. 화산파의 비기를 익히는 제자가 늘어나서 화산파가 잘되기를 바라는 것이 아닐까요?"

"껄껄! 껄껄껄! 근 십 년간 들었던 말 중 가장 웃긴 말이구나. 껄껄! 낙안청검이 화산파를 사랑한다니! 껄껄껄!"

"비웃지 마세요!"

뚝!

어린아이가 울음을 뚝 하고 그치듯이 노인의 웃음소리가 한순간에 사라졌다. 그러고는 그 노인이 걸걸한 목소리로 말했다.

"내가 알려주마. 이제 곧 성인이 될 터이니, 세상을 바로 보는 눈을 갖는 것이 중요하느니라. 낙안청검이 네가 비기를 익히기 원하는 이유는 바로 그가 그 비기를 익히기 위함이다. 장담하건대, 이 동굴에서 나가면 낙안청검이 그 비기에 관해서 네게 물을 것이다."

"그게 무슨 터무니없는 소리예요? 사부님은 이미 비기를 사용하실 줄 아시겠죠. 그리고 사부님께서 모른다고 할지라도, 비기를 익히기길 원하시면 직접 배우시면 될 일이지, 왜 내게 묻는다는 거예요?"

"말했잖으냐? 이 비기에는 부작용이 있다고. 또한 마기를 이용하는 것이라고. 자칫 일이 잘못되면 화산파에서 파문을 당할 수도 있는 것이야. 그러니 극도로 신중할 수밖에 없지. 우선 먼저 어린아이에게 익히도록 시킨 다음, 그 경과를 옆에서 보면서 부작용을 직접 판단하고……."

"아니에요! 사부님은 절대 그러실 분이 아니에요!"

"껄껄껄. 그래? 좋다. 그럼 나랑 내기하자."

"무슨 내기요?"

"네 사부가 비기에 욕심이 있어 그것을 실험하기 위해서 너를 나에게 보냈다는 내 말. 이 말이 거짓이라면, 나는 네게 모든 것을 가르쳐 주겠다. 화산파의 비기뿐만 아니라 내가 아는 모든 무공을 전부 다 네게 물려주마! 하지만 그 말이 참이라면……."

꿀꺽. 나지오는 침을 삼키고는 다음 말을 기다렸다.

노인은 조용한 목소리로 중얼거리듯 말했다.

"여기서 나를 탈출시키고, 내 노예가 되어 내 생이 마감할 때까지 나를 섬겨라."

"그, 그런……."

"어때? 낙안청검이 네가 말한 대로 진정으로 청렴한 무인이라면 걱정할 것이 없지 않느냐? 오히려 내가 알고 있는 모든 비기를 네가 얻게 되는 것이다."

나지오는 잠시 고민하다가 물었다.

"그런데, 어떡하다 이런 곳에 갇히게 된 것이에요?"

"답을 주면. 너도 내 질문에 답을 줄 거냐?"

"네. 줄게요."

"내가 여기 갇힌 이유는 비기를 익혔기 때문이다. 그 부작용 때문에 이곳에 갇히게 된 것이다. 답이 되었으면 너도 내게 답을 내놔라."

나지오는 좀 더 고민했다. 그러나 곧 고민하는 것 자체가 사부님에 대한 모욕이라는 것을 깨달았다. 형 때문에 자기를 버린 부모에게서 거두어주었고, 무공에 재능이 없어도 내치지 않은 스승님을 모욕할 순 없었다.

"좋아요. 제가 반드시 이기니까, 다른 모든 무공을 전수해 줄 생각만 하시면 될 거예요."

"껄껄껄. 자신 있나 보구나. 뭐, 좋다. 그러면 안으로 손을 뻗어보거라."

나지오는 노인이 자기를 해코지할까 염려되었다.

"왜, 왜요?"

"내기가 성립했으니, 그것이 맞는지 틀린지를 검증해야 할 것 아니냐? 나에게는 마단이 없으니 피로 만드는 혈단(血團)을 주겠다. 역혈지체인 나의 몸에서 나온 피를 섭취하면 보통 몸도 일시적으로 역혈지체만큼이나 마기를 지배할 수 있게 된다. 온전한 역혈지체를 이룰 순 없지만, 평범한 육신으로 마공을 익히는 데 있어 주화입마에 빠져드는 것을 어느 정도 방지할 수 있을 것이다."

"무슨 말이지 잘 모르겠어요. 그리고 그게 내기하고 무슨 상관인데요?"

"너는 네 스승이 이미 비기를 익혔다고 생각하고 나는 네 스승이 비기를 이제 익히려 한다고 믿는다. 따라서 네 스승이 너를 통해 비기를 익히려 한다면 점차 마성에 젖어 포악한 성격으로 변모할 것이오, 만약 네 말대로 이미 그것을 익히고 있다면 성격에 변화가 없겠지."

긴 설명이었지만 나지오는 겨우 그 말을 이해할 수 있었다. 그래도 피로 만든 단환을 먹는다는 건 여전히 꺼림칙했다.

"그래도 머, 먹기 싫어요."

"먹어야 한다. 이는 다 네가 마성에 젖는 것을 방지하기 위함이다. 낙안청검은 널 제자로 생각하는 것이 아니라 실험체로 쓸 생각이다. 그 사실을 네가 깨닫게 되면 나를 찾아와 네가 먼저 나를 구할 것임을 나는 안다. 그때 가면 네 편은 오로지 나밖에 없을 거다."

"아니에요!"

"누구 말이 맞는지 함 보자꾸나. 껄껄껄."

나지오는 냅다 소리를 질렀다.

"사부님은 절대 그런 사람이 아니에요! 나를 실험체로 쓰다니! 절대 그러실 분이 아니에요!"

노인은 여전히 웃으며 말했다.

"좋다, 좋아. 그러니까 그걸 확인하자는 거 아니냐. 어차피 앞으로 보름 동안 내게 비기를 배워야 하는데, 내 말을 듣지 않을 거냐? 보름 동안 물은 어찌 먹고 음식은 어찌 먹을 것이냐? 내 도움이 없으면 넌 여기서 살아남지도 못한다."

"……."

"가까이 와라. 혈단을 만들어주겠다. 그 속에 네 피도 조금

섞어야 하니, 손을 뻗어라."

"싫다니까요."

"어허! 그렇게 나오면 나는 네게 비기를 가르치지 않을 것이고, 음식과 물도 나눠주지 않을 것이다. 보름 동안 넌 굶어 죽을 거다."

"치, 치사해!"

"껄껄껄. 오라니까."

나지오는 두 손으로 주먹을 꽉 쥐고 종유석을 내려쳤다.

"좋아요. 하지만 먼저 천지신명께 약조해요. 내게 해코지하지 않겠다고."

천지신명께 약조하면 무조건 지켜야 한다고 믿는 걸까?

노인은 나지오의 순수함을 엿보는 것만으로도 기분이 좋아지는 것 같았다. 어린아이가 이토록 재밌는 존재인지 지금껏 알지 못했었다.

"약조하지."

"내 이름은 나지오예요. 이름이 뭐죠?"

"사녹. 사 씨 성에 이름은 녹이다."

"그럼 내 말을 따라해요. 천지신명께 고하나니."

"껄껄껄."

"어서 따라해요! 천지신명께 고하나니."

"좋다, 좋아. 천지신명께 고하나니……."

＊　　　　＊　　　　＊

"사녹? 설마 음양현마(陰陽賢魔) 사녹을 말하는 것이오?"

피월려는 술기운이 모두 달아나는 것을 느꼈다. 사실 술기운은 재미 반 푼어치도 없는 나지오의 옛날이야기를 억지로 듣고 있었던 두 시진 동안 이미 사라지고 없었는데, 그 기분에는 여전히 취해 있었다. 하지만 사녹이라는 말을 듣는 순간 그 기분마저 완전히 날아가 버린 것이다.

두 시진 동안, 단 한 번도 이야기를 방해한 적이 없었던 피월려가 뭐라 묻자 나지오가 자기의 이야기를 중단했다.

"맞다. 최근에 돌아가시기 전까지 원로셨지. 내겐 스승과도 같은 분이다. 근데 어찌 알아?"

"내가 익힌 극양혈마공을 가장 마지막까지 수정하신 분이 그분이오. 사실 거의 홀로 완성하셨다 해도 과언이 아니오. 극양혈마공의 핵심은 무단전이라는 것인데 그걸 처음 고안하신 분이 바로 음양현마이시오."

"이야……. 하여간 괜히 음양현마가 아니야. 음양에 관한 무공은 영향을 안 미친 데가 없구만. 음양현마가 아니라 그냥 음양광마(陰陽狂魔)가 더 어울리겠어."

피월려는 그의 농을 받아줄 생각을 하지 못했다. 더 급한 질문이 떠올랐기 때문이다.

"나 선배께서 익히신 검공이 음양폭마검공 아니오? 혹 그것
도 음양현마께서 만드신 것이오?"

나지오는 고개를 끄덕였다.

"그렇지. 음양폭마검공은 음양에 관계된 모든 지식을 총동
원하고 집약하여 죽기 직전 만드신 거야."

"과연… 혹 나 선배 생각에는 음양폭마검공이 극양혈마공
과 연관이 있을 것 같소?"

나지오는 바로 고개를 흔들었다.

"음양폭마검공은 자하마공에 맞춰 만들어진 검공이야. 자
하마공 없이는 펼칠 수 없지. 그리고 자하마공은 자하신공을
근본으로 둬. 결국 가장 핵심에는 화산파의 무공이 있지. 겉
으로는 연관성 있어 보일지 몰라도 안으로 들어가면 판이하
게 다를걸."

"……."

"그나저나 내가 어디까지 이야기했지? 아, 맞다. 스승님하곤
그렇게 만나서……."

피월려는 술병을 집어 들었다. 술기운 없이는 도저히 이 지
겨운 이야기를 들어줄 자신이 없었기 때문이다. 그런데 술병
이 너무 가벼웠다. 술이 동이 난 것이다.

그때 마침 방문이 열렸다.

피월려가 중얼거리며 방문으로 고개를 돌렸다.

"최고의 기루라더니, 어찌 술이 동이 날 줄 알고 딱 맞춰 들어오……."

그는 말을 잊지 못했다.

옥소를 양손에 들고 안으로 들어온 여인과 눈이 딱 마주쳤기 때문이다. 천상에서 내려왔다 해도 믿을 정도로 아름다운 여인. 그러나 피월려가 눈길을 돌릴 수 없었던 건 비단 그 아름다움 때문만은 아니었다.

북경제일미(北京第一美) 류서하.

그녀가 서 있었다.

*　　　　　*　　　　　*

상옥곡에서 마주쳤던 그녀는 진설린과 같은 천음지체다. 극양혈마공을 가진 피월려는 본능적으로 천음지체에 끌릴 수밖에 없었다. 류서하는 나지오가 눈치채지 못할 정도로 자연스럽게 고개를 돌렸지만, 피월려는 열 번의 호흡을 할 동안에도 눈길을 돌리지 못했다.

"이번에 새롭게 낙양사화 중 수화의 자리를 이어받게 된, 류서하라 하옵니다. 두 귀빈을 모시게 되어 영광입니다."

목소리 하나하나까지도 남성을 자극하는 묘한 매력이 느껴졌다. 그러나 조화경을 이룩하여 인간의 정신적인 한계를 초월한 나지오에게는 아무런 영향을 미칠 수 없었다. 나지오는 고개를 갸웃하며 물었다.

"류서하라면……. 어디서 들어본 것 같은데. 피 후배? 넌 기억 안 나?"

그 질문 때문에 피월려는 넋을 되찾았다. 그는 통상적인 사실만을 말했다.

"북경제일미로 알고 있소."

"아하! 맞아, 북경제일미. 혹 북경제일미 맞아?"

류서하는 조용한 목소리로 대답했다.

"그러하옵니다."

"가문이 유명한 문가(文家)로 알고 있는데, 어찌 여기 있는 거야?"

"……."

그녀는 침묵을 지켰다.

피월려는 역천의 역사가 쓰였으니, 아마 그 영향으로 몰락한 것이 아닌가 생각했다. 문가라면 왕에게 충성하는 것을 목숨보다 소중하게 여기는 학자들의 가문이기에 그럴 가능성이 농후했다.

그런데 한 가지 의문이 들었다.

"소저의 가문이 문가인 줄은 몰랐소."

"저 또한 피 대원께서 천마신교의 마인인 줄은 몰랐습니다."

나지오는 둘을 번갈아 보았다.

"아는 사이야?"

피월려가 먼저 대답했다.

"전에 상옥곡에서 뵌 적이 있소."

"아, 그 살마백의 문파라는 곳? 그러면 설마 류 소저가 살마백이라는 건가?"

"최소 절정이시오. 태원이가의 장로였던 이상후와 동격이라 할 수 있으니. 그가 죽은 것도 그녀가 있었기 때문에 가능했소."

"오호라? 정말로? 그런 고수가 어찌 기녀로 팔려왔지?"

류서하는 자존심에 상처를 받았는지 입술을 살포시 깨물었다. 그러고는 냉담한 목소리로 대답했다.

"가문이 몰락하여, 제 아버지와 오라비들을 구제할 재산이 필요했습니다. 그들을 모두 구하는 재물을 대가로 이곳에 오게 된 것입니다."

"황도의 일이 북경까지 영향을 미쳤을 줄은 몰랐군. 안 그래, 피월려?"

피월려는 뭔가 다른 생각을 하는 듯, 류서하가 가져온 술을 마시면서도 날카로운 눈빛으로 류서하를 보았다. 그는 잠시 후 류서하에게 물었다.

"낙화루가 천마신교의 소유임을 아시오?"

"며칠 전에 알게 되었습니다. 처음에는 호마궁이라 들었습니다만, 다른 기녀들이 호마궁이 천마신교의 지부라는 걸 알려주더군요."

"그럼 내 직분과 나 선배의 직분은? 그것도 아시오?"

"들어오기 전에 루주께 들었습니다."

"정확하겐 부교주와 일대주요. 나 선배가 아니라 나 홀로 명을 내려도 그대 목숨은 당장에라도 없어질 수 있소."

그의 살벌한 말에 갑자기 방 안의 분위기가 급랭했다. 긴장한 듯 류서하의 눈썹이 파르르 떨렸다.

"갑자기 왜 그러시는지 소녀가 여쭈어도 되겠습니까?"

"상옥곡의 여인이 살마백이 되기 위해선, 아니, 상옥이 되기 위해서는 혹독한 훈련을 겪어야 하오. 그 뒤에 남성에게 복수할 수 있는 자격을 얻게 되오. 그런 상옥들을 이끌고 태원이가를 상대하던 그대가 한낱 기녀가 되었다는 게 믿기지가 않아서 그렇소. 백도무림과 연관성이 완전히 없다 말할 수 없는데, 이를 숨기고 아무것도 모르는 문가의 여식인 것처럼 이곳에 잠입한 것은 아니오?"

그녀는 고개를 숙이고 말을 하지 않았다. 그러나 피월려의 귓가에는 그녀의 목소리가 들렸다.

[왜 이러십니까? 상옥곡의 일을 말한다면 저 또한 물을 것

이 많습니다. 당시 제가 피 대원의 생명을 구한 사실을 잊으셨습니까? 어찌 생명의 은인에게 이렇게 대하……]

"전음을 사용하실 필요 없소. 내 앞에 계신 대천마신교의 부교주께서는 그대의 조잡한 전음 따위를 못 들으시는 분이 아니시오."

나지오는 어깨를 들썩이며 술병을 집어 들었다.

"몰랐는데?"

"예?"

"몰랐다고."

"……."

"캬— 아! 술맛 좋네. 그나저나 네가 말하고 싶은 게 뭐야, 피월려?"

"그건, 류 소저가 혹 백도에서 보낸 첩자가 아닌가 하는……."

"그거야 애들 시켜 그냥. 애들 시키라고. 왜 네가 직접 하려고 해? 애들 뒀다 어디에 쓰려고? 이젠 더 이상 여기저기 뒹굴고 다니는 일대원이 아니잖아. 아랫것들 놔두고 네가 그렇게 막 구르면 조직 전체가 피곤해. 이대주에게 말하든지 아니면 육대주에게 말하든지. 지 단주한테 말해도 되고……. 참나, 분위기 깨고 있어."

"……."

"류 소저도 여기 왔으면 그 유명하다는 옥소나 연주해 봐. 한번 들어나 보자."

류서하는 미소를 지으며 나지오에게 고맙다는 인사를 했다. 그러고는 옥소를 입에 물었다.

[뒷조사를 명할까요?]

피월려는 원설의 전음에 고개를 살포시 끄덕이는 것으로 대답했다. 그런데 류서하는 그것을 허락이라 생각하고는 옥소를 연주하기 시작했다.

첫 음이 울리자마자 피월려는 그 노래가 무엇인지 알 수 있었다.

망후조의 취월가.

피월려의 미간이 꿈틀거렸다.

"망할 루주 놈이 알려줬나? 잡아다가 가죽을 벗겨야지……."

나지오는 자리에서 일어나려는 피월려에게 술잔을 건네며 말했다.

"아까부터 자꾸 분위기 망치네? 내 이야기가 그리 듣기 싫어?"

"그래서 그런 것이 아니오. 그저 루주……."

나지오는 피월려의 말을 잘랐다.

"피 후배, 술 먹으러 와서까지도 일을 하려고? 누군 본 사문을 홀로 개박살 내야 하는데, 같이 술 한번 제대로 못 먹어 주나?"

"······."

"앉아. 앉고, 그냥 술이나 받아. 원설이 갔으니까 상관없잖아? 그리고 류 소저는 계속하고. 피 후배, 듣기 좋은 음악이나 들으면서 말동무나 되어달라고."

피월려는 잠시 말이 없다가, 그 술잔을 받았다.

그렇다. 그녀의 일은 지금 그가 신경 쓸 일이 아니다.

그는 마음을 내려놓고 자연스럽게 나지오에게 물었다.

"그 뒤에 음양현마께서 비기를 잘 가르쳐 주셨소?"

나지오는 함박웃음을 지었다.

"비기? 가르쳐 주긴 했지."

*   *   *

"너도 화산파의 남제자니, 기본적으로 자하신공의 구결은 이미 알 것이다. 어디까지 익혔느냐?"

사녹의 말에 나지오가 툭하니 대답했다.

"알긴 알아요. 하지만 지난 오 년 동안 익혔어도 내력을 느낀 적이 없어요."

"설명해 봐라. 너의 구결에 대한 해석이 잘못되어서 그런 걸

수도 있으니."

나지오는 구결 하나하나를 모두 말했다. 사녹은 나지오가 읊는 해석을 들으며 감탄했다. 열세 살의 아이가 홀로 연구한 것치고는 대부분 옳은 해석인 것이다. 문제가 하나 있다면, 가장 중요한 자하(紫霞)에 대한 해석이 자하신공에서 말하는 것과는 다르다는 것이다.

사녹이 말했다.

"자하를 제외한 해석은 모두 맞다 해도 과언이 아니구나. 그러나 자하 그 자체에 대한 정의가 틀렸다. 이는 구결에 나오지 않는 부분이니, 스승에게 구절로 배워야 하는 부분인데……. 낙안청검이 이를 제대로 설명하지 않았구나."

"……."

"자하! 자줏빛 노을! 여기서 자줏빛과 노을이 의미하는 것이 무엇이라 생각하느냐?"

"노을은 기(氣)를 뜻하는 것 같아요. 태양 자체를 말하는 것이 아니라, 그 태양으로부터 나오는 기운이 하늘에 퍼져 노을이 되니까요……. 태양이 사라질 때에 비로소 노을이 생기니, 근본이 아니라 그 흔적만이 진정한 기(氣)라는 것이죠."

"오호라! 썩 괜찮은 해석이구나? 그럼 자줏빛은?"

"그건……."

나지오는 우물쭈물 대답하지 못했다. 그는 오 년간 자하신공을 익히면서 언제나 노을을 바라보곤 했다. 오 년간 단 하루도 놓치지 않은 날이 없었다. 그렇게라도 하면 깨달음이 있을까 하는 막연한 기대 때문이었다. 붉은색이 노랗게 변하고 그리고 어두워져 어둠에 삼켜지기 직전, 구름과 함께 어우러지는 보랏빛 노을은 그의 뇌리에서 떠난 적이 없었다. 하지만 보랏빛이 무엇을 의미하는 것인지는 아직까지도 도저히 알 수 없었다.

사녹이 말했다.

"역시 그 부분은 잘 모르는구나."

"그럼 뭐예요?"

"자하(紫霞)란 본디 부처의 몸에서 자연스레 뿜어지는 자줏빛 안개를 뜻하는 것이다. 이를 도교적인 측면에서 해석하여 자하를 통하여 신선들이 사는 천상계의 문인 자하문(紫霞門)을 통과하여 입신에 이르는 것이 자하신공의 뼈대다."

나지오는 입을 살포시 벌렸다. 그는 단어 하나하나를 해석했지, 그런 불교적 교리가 섞여 있는지는 전혀 몰랐기 때문이다. 나지오가 자하신공을 익히기 위해서 오 년간 지옥 같은 시간을 보낼 때, 낙안청검은 단 한 번도 불(佛)이란 말을 꺼내지도 않았다.

"그, 그런… 지금까지 그러면 저는… 무슨……."

나지오는 온몸에서 힘이 탁 풀리는 것 같았다. 열세 살의 나이로는 견디기 어려운 허무함이 사정없이 그의 마음에 들이닥쳐 그는 정신을 잃어버릴 것만 같았다.

"갈(喝)!"

동굴이 진동했다.

나지오는 깜짝 놀랐다. 그는 공포가 가득한 눈동자로 사녹을 보았고, 사녹은 붉은색 눈동자로 그를 마주 보았다. 사녹이 말했다.

"걱정하지 마라. 네 해석이 잘못되진 않았으니까."

"예?"

"내가 가르쳐 줄 비기는 바로 네가 해석한 방법을 따르느니라."

"서, 설마? 정말이세요?"

"그렇다. 너는 네 스스로 비기의 일부분을 깨달은 것이니, 네가 비기를 익히는 건 어찌 보면 운명인 것 같다."

나지오는 방금까지 가득했던 허무함이 행복으로 차오르는 것을 느꼈다. 오히려 마음 밑바닥까지 허무함이 갉아놓았기 때문에, 그다음에 찬 행복이 더욱 풍성하게 느껴졌다. 그는 뛸 듯이 기뻐 웃음을 참으려 해도 참지 못했다.

"킥킥! 킥킥킥!"

사녹이 사악하게 따라 웃으며 말했다.

"킄킄. 마공(魔功)은 본래 그리 탄생하는 법이다. 뚫리지 않는 길을 억지로 뚫다가 육(肉)이 쇠하고 신(身)이 망가져도 광기 하나로 버티며 뚫는 것이지. 추상적인 모든 겉치레를 버리고 단어 하나하나에 집중하여 그것을 분석하고 일일이 따져 적용하는 거다. 내가 네게 가르쳐 줄 자하마공은 바로 그런 것이다."

나지오는 잠깐 이상한 기분이 들었다. 갑자기 사녹이 마공을 말했기 때문이다. 그는 고개를 갸웃하며 물었다.

"비기가… 마공인가요?"

어차피 구결을 가르치면 알게 되는 것. 사녹이 솔직히 말했다.

"마기를 이용한다 하지 않았느냐? 비기는 마공이니라."

나지오는 걱정스럽다는 듯이 말했다.

"마공을 익히면 사문에서 파문당한다고 했어요. 혹 사녹 어르신도 마공을 익혀 파문당하신 건가요?"

사녹은 껄껄 웃었다.

"애초에 나는 화산파의 제자가 아니었느니라."

"그런데 어찌 자하신공에 대해서 자세히 아세요?"

"음양을 연구하고 매달리다 보니 자하신공을 보고 싶어 미치는 줄 알았지. 그래서 화산파에 쳐들어와 자하신공의 구결을 알아냈다. 그러다가 낙안청검에게 사로잡혔다. 껄껄껄. 지금은 단전이 뚫려 내력을 모두 잃어버리고 죽어가는 몸이지만, 나는 본래 천마신교의 마인이니라."

천마신교(天魔神教).

극악무도한 마공을 익히는 천인공노할 악인들의 소굴.

나지오가 소곤거리듯 말했다.

"그… 그럼, 비기가 정말로 마공이군요."

"왜? 이제 와서 포기할 테냐?"

"……."

"한 가지 물어보겠다. 왜 화산파에서 나를 살려주었다고 생각하느냐?"

"그건 화산파에서 살생을 금하기 때문이에요. 죄인들은 모두 감옥에 가두지만 죽이지는 않아요."

"그렇다면 다른 죄인들은 어디 있느냐? 나는 왜 이곳에 홀로 갇혀 있지?"

"그건……."

"낙안청검이 나를 여기 가두었다. 내가 장담하건대, 그는 다른 자들에게 내가 죽었다고 말하고 나를 몰래 가둔 것이다."

"서, 설마요. 스승님이 왜 그러시겠어요?"

"왜긴 왜야. 내 비기를 독차지하려고 그랬겠지. 내 비기는 화산파의 장로라는 그놈조차 탐내는 마공이다."

"스, 스승님은 그러실 분이……."

사녹은 나지오의 말을 잘랐다.

"네 스승은 네가 자하신공을 익히는 걸 뻔히 알면서도 자하에 대해서 설명해 주지 않았다. 그런 스승을 아직도 옹호하려는 거냐?"

"……."

"반면에, 나는 네게 자하에 대한 진실을 말해줬을 뿐만 아니라, 자하신공보다는 수십 배나 강한 자하마공을 가르쳐 줄 것이다. 누가 진정한 스승인지 말해 보거라."

나지오는 당장에라도 낙안청검이 스승이라 말하고 싶었다. 그러나 그 말은 목구멍까지 올라왔지만 입 밖으로 나가진 않았다.

지금까지 인정하고 싶지 않았던 사실. 머릿속에서 단어와 문장으로 만들어지기도 전에 애써 부정하던 사실. 마음속 깊은 곳에 묻어버리고 지금까지 외면했던 사실.

스승님은 동생을 위해 나를 데려왔을 뿐이야.

그 사실이 나지오의 정신을 괴롭혔고 그의 마음을 뒤흔들었다. 지진과 화산으로 땅의 지형이 바뀌듯, 그 사실로 인해 나지오의 인격이 짧은 시간 안에 송두리째 바뀌었다.

나지오가 중얼거렸다.

"제가 생각했던 해석 말이에요. 자하신공에서는 그게 틀린 거라고 했잖아요."

"그래, 틀렸다. 그래서 오 년간 네 몸에 내력이 하나도 쌓이지 않은 것이다."

"그 해석… 자하마공으로는 맞는 거죠?"

"맞다. 노을에 관해서는 정확한 해석이라 해도 과언이 아니니라."

"그럼 제게도 재능이 있는 거죠? 자하마공으로는……."

"그럼, 그렇고말고. 내가 설명도 안 해주었는데, 너는 노을에 관한 해석을 스스로 깨달았지 않느냐? 이는 단순히 재능이 있는 것이 아니라 천재라 봐야 한다."

"천재……."

나지오는 화산파의 옥소녀를 따라다니는 수식어가 자기 것이 될 줄은 꿈도 꾸지 않았다.

사녹이 말을 이었다.

"너는 마공을 익힐 운명이다. 마공으로 대성할 운명이야. 자하신공을 보며 자하마공을 떠올렸다. 낙안청검이 네게 재능 없다 말한 의미를 알겠다. 그건 정공의 관점에서 봤기 때문이다. 마공의 관점에서 보면 너만 한 인재도 없느니라."

"……."

나지오는 목이 메어오는 느낌에 아무런 말을 할 수 없었다.

사녹이 부드럽게 말을 이었다.

"자하마공을 익히면 너 또한 스스로 깨닫게 될 것이다. 몸에서 폭발할 듯 늘어나는 내력을 느끼면서 그 속도가 너무 빨라 오히려 걱정할 정도가 될 터이니. 단언컨대, 너는 천재 다!"

"흐윽, 흑, 흑."

나지오는 숨을 격하게 쉬었다.

지금껏 그는 자신에게 재능이 없다고 믿었다. 현실이 그랬 다. 그래서 인정하고 깨끗하게 포기했다. 그러나 처음으로 인 정을 받았다. 가슴이 벅차올라 눈물이 날 정도였다.

"으아앙! 으앙! 으앙!"

그는 눈물을 흘렸다. 뜨거운 눈물이 바닥에 떨어졌고, 사녹 은 차분히 그를 기다렸다.

나지오는 마음속 깊은 곳에 마지막 한 올까지 남아 있던 애 정을 모두 눈물 속에 담아 흘려보냈다. 부모님을 향한, 여동 생을 향한, 스승을 향한… 모든 애정을 그 뿌리까지 뽑아내었 다.

반각이 채 지나지 않아 나지오는 눈물을 닦았다. 눈시울이 붉어진 나지오의 눈동자에는 말로 표현할 수 없는 강한 의지 가 가득했다.

광기라 불러도 좋을 만큼 강한 의지다.

이를 보고 사녹이 말했다.

"눈빛이 좋구나."

눈빛이 좋다.

낙안청검의 목소리가 겹쳐서 들리는 듯했다. 하지만 나지오 는 아무런 감정을 느끼지 못했다. 그가 가진 애정을 모두 눈 물로 쏟아냈기에, 더 이상 가슴을 죄어오는 아픔이 없었다.

"시작해요. 자하마공."

*   *   *

"그래서 말이지, 거기서 내가 그걸 익히는데……."

나지오가 말을 하는 도중, 갑자기 원설이 나지오와 피월려 두 명 모두에게 전음을 보냈다.

[지부장께서 명을 내리셨습니다. 대전으로 오시랍니다.]

"뭐? 지금?"

[예.]

"그래?"

나지오는 마지막 술병을 집어 들고 마셨다. 피월려는 전음 으로 원설에게 말했다.

[수하. 뒷조사.]

아직 완벽한 전음을 구사할 수 없었지만, 띄엄띄엄 단어를 말하는 건 가능했다. 원설은 그 의미를 눈치채고는 대답했다.

[아직 결과가 나오지 않았습니다. 하지만 대주께서 염려하

실 필요는 없을 것 같습니다. 육대주께서 알아서 잘 처리한다고 하십니다.]

피월려는 자리에서 일어나며 말했다.

"적현이 그리 말했다면 상관없겠지. 알겠소."

나지오도 같이 일어났다.

"뭐, 일단 가보자고. 무슨 일인지 모르겠지만. 어이, 류 소저. 연주 잘 들었어."

류서하는 연주를 멈추고 고개를 살포시 끄덕였다. 피월려는 날카로운 눈빛으로 그녀를 노려보다가 이내 인사도 없이 방을 나섰다. 류서하는 끝까지 미소를 잃지 않았다.

*　　　　　*　　　　　*

피월려와 나지오는 대전에 도착했다.

그곳에는 박소을과 처음 보는 중년의 남자가 상석을 놔두고 그 앞에 마주 앉아 있었는데, 피월려는 그 중년의 남자가 외총부 장로이자 흔히 외총부주로 불리는 사사혈루(邪死血淚) 북자호 장로는 것을 눈치챌 수 있었다. 박소을과 나란히 앉아 있다면 같은 장로급이라는 말이고, 지금 낙양지부에 있는 장로는 박소을 외에 북자호 장로밖에 없었기 때문이다.

북자호는 장로치고 매우 젊은 마인이었다. 그는 최연소 장로로, 박소을과 서화능보다도 어렸다. 그는 태생마교인이지만 천마오가 출신이 아닌 일반 가문의 남자인데, 젊을 적 영약의 도움 없이 마공을 익혀 이십이 넘기 전에 지마를 깨우쳤다. 또한 그가 지마에 머물 때에 성음청의 도움을 받아 천마에 올랐다.

그는 전대 교주 천각의 실각 후 성음청의 신임을 받아 장로가 되었으며, 막강한 권력을 소유하고 있는 실세이다. 장로 중 누구보다 성음청을 향한 충성심이 강하며, 우직한 성격과 지혜로운 머리를 동시에 가지고 있는 사람으로 알려져 있었다.

피월려는 포권을 취하며 말했다.

"지부장님을 뵈옵니다. 또한 외총부주 북자호 장로님을 뵈어 영광입니다."

북자호는 찻잔을 내리며 눈빛을 빛냈다. 마주한 사람에게 항상 차를 권하는 박소을은 북자호에게도 차를 권했는지, 그 찻잔은 피월려가 익히 아는 박소을의 것이다.

북자호가 말했다.

"부교주와 같이 들어오는 걸 보니, 본부까지 소문이 자자한 낙성혈신마가 아닌가? 최근 들어 외부 인사 중 가장 돋보이는 마인이라 하던데?"

겉으로는 마기를 느낄 수 없었는데, 유독 중저음의 목소리에만 은은한 마기가 실려 있었다. 의도적인 것인지 아니면 버룻인지는 알 수 없었다.

"과찬이십니다."

"과찬은 무슨. 들리는 그대로를 말하는 것뿐이다. 내가 외충부를 총괄하고 있으나 낙양지부만큼은 교주님의 직속이라 이곳에 오려 하지 않은 것뿐이지, 만약 다른 지부에 네가 있었다면 진작 등용하여 지부장 자리라도 만들어주었을 거다. 물론 경력을 쌓아 충성심을 인정받는다면 본부에서도 일할 수 있겠지. 지마급 인사는 귀한 인재이니."

피월려는 그 말에 뼈가 있음을 눈치챘다. 북자호는 그에게 낙양지부에 있지 말고 자기 아래서 일하라는 의미를 은은하게 전한 것이다.

피월려는 방긋 웃으며 대답했다.

"아직 경험이 부족하여 장로님께 누가 될까 염려됩니다. 좀 더 배워야 마인으로서 감히 쓰임을 받을 수 있다 생각됩니다."

"간만이군, 그런 웃음은. 딱딱한 마인들만 모여 있는 본부에서 썩다가 이곳에 나와 보니 참 중원의 문화가 새삼스럽게 느껴지오, 박 장로. 박 장로도 중원에 있으니 어떻소? 고향과는 다르지 않소?"

"인간이 사는 곳은 어디든 비슷하오, 북 장로. 일대주가 왔으니, 그에게 물을 것을 물어보시오."

피월려는 북자호가 그에게 용무가 있다는 걸 깨달았다. 아마 대전으로 그를 부른 것도 북자호일 것이다.

북자호는 차를 한 모금 마시더니, 피월려를 바라보며 물었다.

"개봉지부에서 있었던 일을 듣고 싶다. 내 아까운 부하를 많이 잃어 상심이 커."

그 말을 들으니 피월려는 북자호가 왜 여기까지 걸음을 했는지 그 이유를 알 것 같았다.

황도에서 활동하는 개봉지부로부터 오는 이익이 매우 컸기 때문에 개봉지부로 인한 북자호의 영향력도 막강했을 것이다. 그런데 이를 잃어버린 건 외총부 장로의 자리가 위태로울 정도의 실책이었고 실제로 북자호는 장로직을 박탈당할 위기까지 갔다.

다행히 북자호는 교주의 일방적인 보호 덕분에 장로의 자리는 지킬 수 있었다. 그러나 황도의 지부를 잃어버린 지금의 외총부는 전에 비해서 그 위세가 많이 꺾였다. 북자호의 생각은 전처럼 무겁게 받아들여지지 않았고, 북자호의 의견은 전처럼 동의를 얻지도 못했다. 실질적인 힘에 있어서 밀리니 그 영향이 살벌하게 반영되었다. 천마신교는 그런 것을 즉시 피부로 느끼게 되는 곳이다.

북자호가 이런 상황에 처한 이유는 피월려의 단독 행동 때문이라고 해도 과언이 아니다. 북자호는 시시비비를 가리고자 낙양지부에 온 것이겠지만, 만약 한마디라도 잘못하면 시시비비에서 끝나지 않고 피월려의 목을 베어버릴 수도 있을 것이다.

개봉지부와 척을 진 것이 이 정도까지 큰 칼날로 돌아올지는 상상도 하지 못했기에, 피월려의 마음속에 점차 긴장이 차오르기 시작했다.

피월려는 용안심공으로 그 마음을 다스리며 최대한 공손히 대답했다.

"어느 점이 궁금하십니까?"

"처음부터 다. 이미 보고를 받았지만, 네 의견을 듣고 싶다. 왜 개봉에 가게 되었는지부터 설명해라."

"존명. 처음 개봉지부와 의견을 주고받은 건 흑무수이셨습니다. 때문에 그 일이 어떻게 시작되었는지에 관해서는 자세히 알진 못하고……."

북자호가 중간에 끼어들었다.

"흑무수의 일은 박 장로께 들어 아니, 네가 직접 보고 듣고 행동한 것만 말해라."

"존명."

피월려는 그 뒤 짧게 핵심적인 내용만을 설명했다. 괜히 여러 이유를 덧붙였다가는 꼬투리를 잡혀 문제가 되기 때문이다.

피월려의 말을 끝까지 차근히 들은 북자호는 질문을 퍼붓기 시작했다.

"네가 익힌 무공이 특이한 것이라 들었다. 극양혈마공이라지?"

"예, 그렇습니다."

"그것 때문에 진설린과 매일 음양합일을 하지 않으면 양기가 폭주하여 죽는다 들었는데, 맞나?"

"매일까진 아니고, 적어도 삼 일에 한 번은 음양합일로 양기를 잠재워야 합니다."

"그럼 진설린의 혼인이 네겐 달갑지 않았겠군."

"제 생명과 관련이 있는 일이다 보니 달갑지 않은 것을 넘어서 필사적으로 막아야 하는 상황이었습니다."

"그래서 개봉지부장이 세운 계획 또한 필사적으로 막은 것인가? 그 계획대로 된다면 진설린은 황태자비가 되고, 너는 죽음을 면할 수 없으니까?"

북자호의 몸에서는 마기를 느낄 수 없었다. 단지 그가 하는 말을 들었을 때만이, 귀에 그의 마기가 꽂히는 이상한 기분이 들었다. 말 한 마디, 한 마디에 마기를 담은 것이다.

피월려는 박소을을 한번 흘겨보았다. 박소을은 낮게 가라앉은 눈빛으로 그를 보고 있었다.

괜찮을까?

피월려는 거짓을 말하지 않기로 했다.

"그렇습니다. 하지만 이유가 있습니다."

"자기가 살겠다고 본 교의 계획을 막은 네게 무슨 이유가 있나?"

"제가 살겠다는 것이 그리 행동한 이유가 아닙니다."

"그러면?"

"그 계획이 실패할 것임을 알았기 때문입니다."

"궁색하군. 변명치고는 너무 궁색해."

"확신했습니다."

"어떻게?"

"백도무림에서 이미 개봉지부장의 계획을 파악하고는 역으로 그것을 이용하는 계획을 짰다는 사실을 알아냈기 때문입니다. 백도무림의 계획은 무림대회를 통해서……."

"정해놓은 우승자를 황궁제일미와 혼인시키고는, 진설린을 죽인다. 그래서 황궁제일미에게 집착하는 황태자를 정해놓은 우승자로 하여금 통제하게 시킨다? 그것을 말하는 건가?"

"그렇습니다. 이미 알고 계시는군요."

"네가 했던 그 말이 보고서에 있더군. 하지만 거기엔 보장이 없지 않은가?"

"예?"

"그렇게 되리라는 보장이 없지 않은가? 그들이 낙양제일미를 죽이려 했다는 증거가 있는가?"

"그것은 없지만 우승자가 내정되어 있다는 증거는 있습니다. 본 교의 첩자였던……."

"안다. 하지만 백도무림의 대회에서 우승자가 내정되는 일이 어찌 한둘인가? 그것만 가지고 네가 말한 대로 백도무림이 행동하려 했다는 증거가 될 수 없다. 네가 한 말이 사실이라면 적어도 그들이 진설린을 해치려 했다는 증거가 필요하다. 있느냐?"

"……."

"답을 못 하는 걸 보니 없군."

"정황상……."

"나는 아무리 생각해도 네가 그냥 살자고 계획을 망친 거라는 생각밖에 들지 않는다."

정확한 안목이다.

피월려는 무릎을 꿇고 포권을 취하며 말했다.

"절대 아닙니다. 제 충심을 믿어주십시오."

"개소리 집어치워라. 너 때문에 개봉지부가 통째로 날아갔다. 어찌 책임질 테냐?"

"개봉지부는 폭탄의 의해서 사라진 것입니다. 개봉에서 반란이 일어나 그 혼란한 틈에 폭파되었습니다. 계획의 유무를 떠나서 그리된 것이니 제 책임이라 하실 수 없습니다. 누가 그

날 반란이 일어날지 어찌 알았겠습니까?"

"반란이 일어난 날에 네가 황태자를 암살한 것과 백운회와 합작한 건 무엇이냐? 그 일을 주도하였으면서 언제 반란이 일어날지 몰랐다고 말하는 것이냐?"

실수.

실수다.

명백하기 짝이 없는 실수다.

피월려는 눈앞이 흐려지는 것 같았다.

하지만 인정하면 끝난다.

도박이라도 해야 한다.

"알지 못했습니다."

아쉽게도 북자호는 즉시 눈치챘다.

"이젠 거짓말까지 하나? 그것 또한 불복(不服)이야. 그리고 불복은 생사혈전이지."

"……."

북자호는 자리에서 일어났다. 앉을 때는 몰랐는데, 일어나니 키가 거대하다고 말할 수 있을 정도였다. 키가 작은 나지오의 머리는 북자호의 목 아래까지밖에 오지 않았다.

그는 양손을 뒤로 뻗고는 화살에 쏘아진 화살처럼 퉁겨져 피월려에게로 날아갔다.

피월려는 금강부동신법을 펼치며 오른쪽으로 벗어났다.

팡!

피월려가 있던 곳의 공기가 터져 굉음을 내었다. 피월려는 왼발을 길게 내딛어 신체의 균형을 되찾으면서 서둘러 북자호의 위치를 파악하려 눈동자를 사정없이 돌렸다. 그러나 북자호의 모습은 어디에도 보이지 않았다.

더 찾으려면 고개까지 돌려 시야의 각도를 더 확보해야 하는데, 그 시간을 과연 천마급 마인이 허락할지 의문이 들었다. 피월려는 더 찾는 것을 포기하고 느껴지는 기감으로 그의 위치를 예상하기로 마음먹었다.

하나 용안심공은 그조차도 불가능하다 판단했다. 북자호의 기운은 마치 세상에서 사라진 것처럼 작은 흔적조차 남아 있지 않았기 때문이다. 가장 간단한 추측은 위로 뛰었다는 것인데, 그런 수준의 추측에 목숨을 걸 수는 없었다.

피월려는 북자호가 어디 있는지 그 예상까지도 포기했다. 대신 피월려는 북자호가 어디에 없는지에 집중했다. 북자호가 없는 곳은 간단하다. 피월려의 시야가 닿는 곳에 없다. 그중 가장 중앙이 되는 각도는 북자호의 영향력에서 가장 먼 곳이라 말할 수 있다.

즉, 피월려의 시야에서 정면!

그는 그곳으로 금강부동신법을 펼쳤다.

파— 앙!

피월려는 등 뒤에서 터지는 공기의 소리와 그 압력을 느꼈다. 그 위치는 피월려의 오른쪽 허벅지가 찰나 전 자리했던 곳이다. 북자호의 모습은 보질 않았지만, 피월려는 북자호가 그곳에 있음을 확신했다. 압력에서 강대한 마기가 느껴지는 것이 북자호는 자기의 공격이 완전히 먹힐 것이라 예상하고 혼신의 힘을 쏟아부은 것이 틀림없었다. 그러니 잠시나마 몸의 내력이 빠져나가, 운신이 어려워 빠른 움직임을 할 수 없었을 것이다.

피월려는 주먹에 내력을 집중시키면서 금강부동신법으로 반 바퀴 선회했다. 눈에 들어오는 모든 빛이 선으로 변했다가 다시 점이 되었을 때, 피월려는 자기 앞에서 주먹에 마기를 모으고 있는 북자호를 볼 수 있었다. 천마급 마인답게, 그 강력한 공격 이후에도 조금도 지치지 않은 것 같았다.

피월려는 주먹을 내질렀다. 천마급 마인라고 하나, 내력을 한번 내뿜고 다시 모았으니 그 양과 질에 있어 대적할 만하다는 것이 피월려의 계산이었다. 피월려는 주먹끼리 맞부딪치면 분명히 자기가 이길 것이라 생각했다.

피월려의 주먹이 북자호의 몸에 닿으려 할 때, 북자호의 몸이 위로 훌쩍 떠올랐다. 마치 순식간에 중력이 반대로 흐르는 듯한 착각이 드는 움직임으로, 발로 땅을 차는 예비 동작이 없었다. 피월려는 그것이 무슨 신법인지 알지 못했지만, 아까 전에 북자호의 모습을 눈에서 놓친 이유가 바로 이것이라는 것을 깨달을 수 있었다.

피월려의 주먹은 허공을 갈랐고, 그의 몸이 순간 주춤했다. 초절정의 고수와 정면으로 주먹질을 할 생각을 한 피월려는 그 주먹에 그의 온 힘과 무게 그리고 내력을 전부 담았었고, 이를 허공에 휘두른 꼴이니 중심을 잃지 않을 수 없었다. 자존심 때문에라도 북자호가 맞상대해 줄 거라는 피월려의 예상이 완전히 빗나갔다.

반 장 정도 공중에 떠오른 북자호는 왼손으로 오른손 손목을 잡으면서 오른손 주먹을 활짝 펼쳤다. 오른손 주먹에 담긴 내력이 손가락 마디마디에 흘러들어 가더니, 그의 손바닥 모양이 되어 앞으로 쏘아졌다.

장풍(掌風).

장공을 통한 발경이다.

주먹을 내지르기 위해서 내력을 모은 줄 알았는데 알고 보니 장풍을 위해서 그리한 것이다.

비처럼 쏟아지는 장풍 속에서 피월려의 표정에 낭패감이 서렸다. 그는 체념한 듯 반탄지기를 펼쳐 장풍으로부터 몸을 보호했다.

탁.

공중에서 떨어진 북자호의 발바닥이 땅에 닿자마자, 북자호의 몸이 다시금 앞으로 쏘아졌다. 그의 양손에는 마기가 물씬 풍기다 못해 연기처럼 밖으로 흘러나오고 있었다. 피월려는 그것을 두 눈으로 똑똑히 보면서도 피할 도리가 없었다. 반탄지기로 인한 내력의 탈진 때문에 그의 몸은 진흙 속에서 움직이려는 것과 진배없었다.

그렇다면 막아야 하는데……. 검 없이 가능할까?

불가능하다.

북자호도 피월려도 그것을 알았다.

뿐만 아니라 나지오와 박소을도 알았다.

박소을은 나지오에게 가만있으라는 눈짓을 하고는 보법을 펼쳐 피월려와 북자호의 사이에 개입했다.

북자호는 갑자기 중간에 나타난 박소을의 모습에 개의치 않고 피월려를 공격했다. 박소을은 오른 주먹을 휘두르며 권풍(拳風)을 발사했고, 북자호는 왼손으로 장풍을 쏘아 그것을 막으면서 오른손으로는 피월려의 심장을 가격하려 했다.

피월려는 양손에 그나마 남은 내력을 쥐어짜 손아귀를 보호하면서 북자호의 오른팔을 덥석 붙잡았다.

찌이익!

북자호의 오른 소매가 내력의 소용돌이 속에서 먼지처럼 찢어졌고, 그의 주먹은 피월려의 심장 언저리에서 겨우 멈추었다. 피월려의 가슴 언저리에는 의복은 고사하고 피부까지 소용돌이처럼 찢겨져 나갔지만, 다행히 심장에는 영향이 없었다. 박소을이 주먹 하나를 상대해 주었기에, 피월려가 혼신의 힘을 다하여 막을 수 있었던 것이다.

모든 것이 정지된 순간, 북자호의 눈썹만이 연신 꿈틀거렸다.

"박 장로께서 직접 손을 쓰실 줄은 몰랐소."

박소을이 대답했다.

"훈계의 정도가 지나치시오."

"내가 훈계를 하려 했다 생각하오?"

"그럼 내 의사조차 묻지 않고 내 직속 수하를 죽이려 했단 말이오?"

"박 장로께서 평소 직속 수하를 도구 이상으로 취급하지 않으시니 상관하지 않을 줄 알았소만."

"나는 내 도구를 아끼오."

"나와 척을 져서 좋을 것이 없소, 박 장로. 도구 하나 지키겠다고 나와 불편한 관계를 시작하는 건 어리석은 판단이오."

"어차피 우린 이미 불편한 관계가 아니오? 황제가 천도를 표명하여 낙양이 수도가 될 터인데, 하필 낙양지부는 외총부 아래 있지 않으니……."

"……."

"부교주에게 교주명을 전달하기 위함이라면 신물전주만 오서도 되었겠지. 또한 내 부하 하나를 벌하고자 직접 오셨다고 생각하기도 어렵소. 북자호 장로, 왜 지부에 오셨는지 그 이유를 말씀하시오."

북자호는 손에서 힘을 뺐다. 그러자 피월려와 박소을도 몸에서 긴장을 풀었다. 피월려는 슬쩍 박소을의 오른손을 보았다. 권법으로 발경하기 위해서는 장풍과 달리 매개체(媒介體)가 필요하기 때문에 수투(手套)가 없이는 권풍을 뿜어낼 수 없다. 따라서 그가 수투를 착용했을 거라는 생각 때문이었다.

예상대로 박소을은 양손에 수투를 착용하고 있었는데, 반투명한 붉은색의 천과 반지 같은 열 개의 고리로 만들어진 특수한 수투였다. 평소 그의 본신 무공이 무엇인지 궁금했던 피월려는 이제야 그 궁금증을 풀 수 있었다.

북자호는 품속에서 한 서찰을 꺼냈다. 그 서찰에는 교주의 인장이 있어, 그것이 교주명이라는 것을 알 수 있었다.

"읽어보시오."

박소을은 그것을 받아 인장을 뜯어 내용을 확인했다. 그의 표정에는 아무런 변화가 없어, 그 서찰의 내용을 전혀 유추할 수 없었다.

박소을은 그것을 모두 읽고 북자호에게 전해주었다.

"북 장로도 내용을 아시오?"

"물론. 그래서 직접 온 것이오."

"그렇군."

"내 시간을 두고 낙양지부의 정황을 살핀 뒤에 공개하려 했소만, 일이 이렇게 되었으니 하는 수 없소."

"……"

"교주명에 의하여 인장이 뜯겨진 이 시각 이후, 낙양지부는 외총부에 부속되오. 박 장로는 지부장으로서 외총부 장로인 내 직속이 되오."

"……"

"같은 장로라 할지라도, 위계질서가 이리된 것을 유감스럽게 생각하오, 박 장로."

"……"

"직속상관으로서 첫 번째 명이오. 내가 이자를 죽이는 데 있어 방해하지 마시오."

박소을은 수투를 손에서 빼면서 나지막하게 말했다.

"불복(不服)."

"그러실 줄 알았소. 곧 본부에서 뵙겠소."

북자호는 그 말을 남긴 뒤 대전의 밖으로 걸어 나갔다.

지마가 되면 모든 마인이 각자의 한계에 도달했기 때문에, 그 간격의 차이가 극도로 작다. 따라서 생사혈전을 하게 되면 한쪽이 패배를 인정하지 않고 생명을 걸어 마기를 끌어모으면 상대도 그리할 수밖에 없게 된다. 그 때문에 지마급부터 생사혈전의 횟수가 급격하게 줄어들게 되고 그 안정성을 바탕으로 요직을 맡는다.

천마가 되면 더욱 심하다. 천마급 마인 간의 차이는 극도로 미세하여 그것을 간격이라 부르기도 어렵다. 천마급 마인 간의 생사혈전은 양패구상이 대부분이다. 때문에 천마급에 이르렀어도 이 사실을 숨기는 마인이 많았다. 현 장로들과 장로직을 내걸고 생사혈전을 해서 이길 수 있다는 보장이 전혀 없기 때문이다. 장로직을 건 생사혈전은 십 년에 한두 번 있을까 말까 하고, 장로 간의 생사혈전은 거의 없다시피 했다.

힘을 숭배하는 마교 내에서 천마급 고수 간의 생사혈전은 행사이며 축제다. 아무리 위에서 군림하는 자라도 힘으로 자리를 결정한다는 기본 법칙을 마인들에게 각인시키며 마인들의 열정에 불을 지핀다.

그 때문에 현 장로가 생사혈전을 할 경우, 무조건 본부로 가 관중이 보는 앞에서 해야 한다는 법칙이 있었다. 마찬가지로 교주와 신물주간의 생사혈전도 본부에서 관중들이 보는 가운데 치러진다.

북자호와 박소을의 생사혈전은 장로회에서 시일을 잡아, 본부에서 치러질 것이다.

나지오는 북자호의 모습이 사라진 것을 확인하고는 어이없다는 듯 말했다.

"참나. 교주도 이번 건 좀 심했네."

피월려는 박소을에게 포권을 취했다.

"생명을 구해주셔서 감사합니다. 저 때문에 꼬투리를 잡혀 일이 이렇게 되었습니다. 죄송합니다."

박소을은 옷에 묻은 먼지를 털며 조용한 목소리로 말했다.

"북 장로가 신물주가 되는 게 싫어서 살려준 것뿐이오. 그리고 꼬투리가 잡혔든 안 잡혔든 이리되었을 것이오. 생사혈전에 자신 없는 것도 아니고. 그냥 북 장로를 죽이면 그만인 것. 일대주가 걱정할 필요 없소."

"……"

박소을은 북자호에 대한 확실한 대책이 있으니 피월려에게 상관하지 말라고 말했었다. 그것이 설마 생사혈전에서 이길 자신이 있다는 뜻인 줄 피월려는 상상도 못 했다.

피월려는 할 말이 없었다. 박소을은 피월려의 굳은 표정을 보고 방긋 웃어 보이더니 이내 태연하게 말했다.

"한 가지 궁금한 것이 있다면, 과연 저자가 원해서 한 것인지, 아니면 교주가 명을 내린 건지 모르겠다는 것이오. 흐음, 그것을 알아내야 행동하기 편할 텐데 말이오."

박소을은 대부분 양패구상을 당한다는 생사혈전을 앞둔 사람처럼 보이지 않았다. 평소의 모습과는 전혀 다를 것 없이, 그는 태평하게 말을 이었다.

"부교주께 미안하게 되었소. 화산으로 떠나는 길을 막아버렸으니, 시일이 늦어지지 않겠소?"

나지오가 양손을 흔들며 말했다.

"뭐, 어차피 오늘 밤은 술로 때우려고 했으니까 상관없습니다."

박소을은 고개를 한번 끄덕이고는 피월려를 보았다.

"아, 참. 그리고 피 대주."

"예?"

"부교주의 일을 끝내면 사천당문의 당혜림을 도와주시오. 피 대주가 거절했다 들었는데, 내가 다시 들어보니 구미가 당기는 일이었소. 피 대주를 보낸다고 이미 약조했으니, 무조건 가셔야 하오. 이건 명이오."

피월려는 포권을 취할 수밖에 없었다.

"존명……."

"물론 화산에서 죽지 않는다면 말이오."

"……."

제육십삼장(第六十三章)

다음 날 새벽 묘 시 초.

피월려는 화산으로 떠나기 위해 채비를 꾸렸다. 여행길이 급한 것도 아니라, 나지오가 쉬고 다음 날 가자고 했다. 하지만 피월려는 잠을 청하지 않고 밤을 새웠다. 화산에 가는 길이 생사의 갈림길이 될 수도 있기에, 그의 성격상 대비를 하지 않을 수 없었기 때문이다.

피월려는 길을 떠나기 전, 원설에게 말해 제일대를 대전에 소집했다. 그가 대전에 도착하자, 진설린, 주하, 단시월, 개봉단장이었던 낭파후, 혈적진과 세 명의 무영비주들, 그리고 제갈미까지 하나같이 떠날 채비를 갖춘 채, 그를 기다리고 있었다.

"전부 길을 나서자는 건 아닌데…… 떠날 채비까지 하셨소?"

피월려가 중얼거리자 전원의 얼굴에 짜증이 급 돋아났다. 이른 아침부터 화산에 가겠다는 명을 받고 대전에 오기까지, 마음속으로 피월려에게 한 욕설을 모두 모으면 황하를 채웠을 거다. 근데 이제 와서 길을 나서는 게 아니라니? 그들은 마음속 깊이 바다를 채울 정도로 피월려에게 욕설을 퍼부었다.

피월려는 따가운 눈초리에 헛기침을 하며 원설에게 말했다.

"내가 대전에 모이라 했지, 언제 차비를 하라……."

원설은 그의 말을 잘랐다.

[화산으로 모두 대동하는 게 아니었습니까?]

"아니었소. 오늘은 그저 대전에서 명을 내리려는 것뿐이었소."

[…….]

원설은 말이 없었다. 피월려는 한숨을 쉬었다.

"됐소."

피월려는 뚜벅뚜벅 걸어 상석에 앉았다. 그런데 문득 그의 오른편에 선 한 여인이 눈에 들어왔다.

"일대주를 뵈옵니다."

대전의 그 누구도 피월려에게 포권을 취할 뿐, 말을 꺼내진 않았다. 불만의 표시로 피월려에게 말을 하지 않는 것이 일종의 암묵적인 시위 방법이었는데, 그 여인만 유독 친절히 인사한 것이다. 피월려는 고개를 갸웃하며 말했다.

"북경제일미께서 여긴 무슨 일이시오?"

그 여인은 다름 아닌 류서하였다. 그녀는 진설린 옆에서 공손한 자세를 유지하며 미소를 짓고 있었는데, 그 미모가 비현실적이었다.

북경제일미라는 말에 다른 사람들은 작은 탄성을 지르며 고개를 끄덕였다. 류서하 정도의 미모라면 북경제일미라는 이름이 부끄럽지 않다는 것이 그들의 생각이었다.

"듣기로는 제가 임시로 제일대에 편입된다고 들었어요."

"그게 무슨 뜬딴지같은… 누가 그리 말했소?"

대답은 그녀의 옆에 있는 진설린이 했다.

"류 아의 입대는 육대주께서 건의하셨고, 지부장께서 받아주셨어요. 그리고 저도 추천했어요."

"린 매가 말이오? 왜?"

"왜긴요. 같이 있고 싶어서 그러죠. 어쩜 월랑은 제가 아끼는 동생을 그런 곳에 놔둔 거예요?"

"그럼 그쪽 임무는?"

류서하가 대답했다.

"여전히 수행하고 있어요."

"그게 뭐요? 제일대에 속하려거든 그쪽 일을 그만두던가 하시오."

"선례가 있다고 들었어요. 서린지라는 이름을 가진 여인이 제일대에 속하며 저와 같은 일을 했다고 하더군요."

확실히 서린지는 제일대에 속하면서 낙양사화로 일을 했었다. 그러면서 박소을에게 제일대에 관한 명령을 받지는 않았는데, 그 이유는 바로 그녀가 교주의 제자라는 배경 때문이었다.

피월려가 진설린에게 물었다.

"정녕 지부장께서 허락하신 일이오?"

"예. 제가 직접 가서 대답을 들었어요."

피월려는 일이 어떻게 되었는지 알 것 같았다. 진설린을 까다롭게 생각하는 박소을은 그냥 그녀의 요구를 들어준 것뿐, 실제로 류서하를 사용하려는 건 아닐 것이다. 또한 류서하가 상옥곡과 연결되어 있다는 점을 들면, 백도무림과의 연결선도 의심할 수밖에 없는 상황. 그러니 그냥 제일대에 맡겨 버린 것이다. 원래 제일대는 그런 역할이다.

낭파후도 같은 이유다. 그는 마조대 개봉단주로서 충성심이 강한 교주의 사람이기에 상당히 귀찮은 상대이므로 그냥 제일대에 넣은 것이다.

둘 다 절정 혹 지마급이니, 그에 걸맞은 직급을 안 줄 수도 없다. 단시월도 같은 이유고, 무영비주들도 같은 이유다. 주하도 교주를 향한 충성심이 깊다. 제갈미도 아직 검증이 끝나지 않았다.

결국 제일대는 그런 사람들을 모아놓은 곳… 그뿐이다. 류서하 하나 더 추가되었다고 달라지는 것이 없다. 그들을 이용할 대로 최대한 이용하고, 감시를 소홀히 하지 않는 것. 그것이 피월려가 일대주로서 짊어진 책임이다.

피월려는 류서하의 입대를 허락하기로 했다.

"좋소. 그러나 입대하기 전, 입교를 먼저 해야 할 것이오. 역혈지체를 이루는 것과 시험을 통과하는 것. 이 둘을 모두 만족시켜야 제일대의 대원이 될 수 있소. 따라서 아직은 제일대로 생각할 수 없음을 이해하시오."

류서하가 물었다.

"그 두 가지는 언제 하게 되죠?"

"둘 다 지부장의 권한이니 지부장께 물어보시오."

피월려는 간단하게 대답하며 상석에 앉았다. 그는 찬찬히 대원들을 둘러보았다. 그들이 피월려를 바라보는 눈빛은 제각각이었다.

그는 한숨을 내쉬고 말을 이었다.

"명을 내리기 이전, 일단 짚고 넘어가야겠소. 나는 일대주로서 그대들의 직속상관이오. 이에 이의가 있는 자들은 손을 드시오."

단시월과 낭파후가 즉시 손을 들었다. 낭파후는 굳은 표정이었고, 단시월은 뭐가 신이 나는지 입술 끝이 계속 떨렸다.

피월려가 말했다.

"지금 나는 부교주의 증인으로 화산에 가야 하기에, 생사혈전을 할 수 없는 몸이오. 생사혈전은 돌아와서 할 것이고 그때까지는 내 명을 따라주시오."

단시월은 고개를 좌우로 흔들면서 당돌하게 말했다.

"거절하겠습니다. 생사혈전 당장 하죠. 그거 뭐 얼마나 걸린다고."

낭파후도 단호하게 말했다.

"나도 거절이오."

피월려가 뭐라고 하려는데, 주하가 갑자기 손을 들었다.

"저도 따를 수 없습니다. 본 교의 율법인 강자지존을 무시할 수 없습니다. 제 입장을 이해해 주십시오."

주하의 눈빛에는 미안한 기색이 있었다. 하지만 그녀는 태생마교인. 그것도 천마오가 출신의 마인이다. 피월려의 전속으로 있었다고 하나, 같은 지마급에 오른 이상 옛정 때문에 생사혈전도 없이 피월려의 아래 부속될 수는 없었다.

피월려는 담담한 표정으로 말했다.

"좋소. 셋은 돌아가셔도 되오. 나를 아직 상관으로 인정할 수 없다는 점을 충분히 이해하오. 다만 내가 돌아온다면 반드시 생사혈전을 하여 일대주의 자리를 인정할 수 있게끔 하겠소."

낭파후는 단시월과 주하의 눈치를 살폈다. 이대로 방으로 돌아간다면 정면으로 피월려에게 반박하는 건데, 그랬다간 후환이 있을 것이 자명하기 때문이다. 피월려와 껄끄러운 관계를 시작해서 좋을 것이 없고 일단 여기서는 숙이고 들어가는 것이 옳다고 판단한 낭파후가 대답했다.

"상황이 상황인 만큼, 지금은 그 말에 동의하겠소. 하지만 이는 낙성혈신마를 일대주로 인정했기에 따르는 것이 아니고, 부교주 시험에 증인이 되는 중요한 일 때문임을 명심하셔야 하오. 따라서 낙성혈신마께서 화산에서 돌아왔을 때에, 나와 생사혈전을 해주셔야겠소."

주하도 차분하게 대답했다.

"저 또한 같은 입장입니다."

하지만 단시월은 생각이 다른 듯했다.

"전 싫습니다. 당장 싸우죠."

"지금은 그럴 수 없소. 이해할 수 없다면 방으로 돌아가시오."

"그거 명입니까?"

명이라고 한다면 불복하고 바로 각공을 펼칠 기세다.

피월려가 말했다.

"명불복(命不服)은 일필살(一必殺)이오. 강자지존의 율법 아래에서 처음 자리를 잡기 위한 생사혈전은 내 자비를 바랄 수 있겠지만, 불복으로 인한 생사혈전에는 자비를 두는 것 자체가 금지되어 있소. 생각 잘하시오."

"바라던 바입니다. 그래서 저보고 돌아가라는 거. 그거 명이냐고 물었습니다."

단시월은 끝까지 지지 않고 당돌했다. 여기서 물러설 순 없다. 최악의 경우, 그를 죽여야 한다. 피월려는 그를 죽이는 것까지 각오하고는 대답했다.

"명이었소."

피월려는 말을 끝내는 즉시 극양혈마공을 극성으로 끌어올렸다. 진설린도 바로 옆에 있는 것뿐만 아니라 류서하의 옥소 또한 도움을 바랄 수 있으니, 아예 마성에 젖어도 괜찮을 만한 상황이었다. 때문에 걸핏하면 극양혈마공에 몸을 맡겨 버릴 생각이었다.

최대한 빨리 죽인다.

그 생각만이 피월려의 정신에 가득했다.

단시월이 씨익 웃으며 말했다.

"존명."

"……."

"왜요? 불복할 줄 알았습니까?"

"커흠. 큭."

피월려는 속에서 올라오는 피를 참고자 입을 막았지만, 그의 입가에서는 선혈이 흘러나왔다. 찰나의 순간에 온몸에서 극양혈마공을 끌어 올리니, 무단전의 역혈지체임에도 엄청난 부담이 된 것이다. 그는 입가로 흐르는 선혈을 닦으며, 대전을 나서는 단시월을 보았다.

단시월은 콧노래를 부르며 박자에 맞춰 걸음을 걷고 있었다.

"그럼 다들, 오시면 보십시다!"

단시월은 그 말을 남기고 대전을 나섰다.

대전은 쥐죽은 듯 조용했다.

피월려는 가슴을 쿵쿵 치며 고통을 참아내었고, 쓰라린 배를 쓰다듬었다. 그러곤 주위를 보는데, 중인들의 얼굴빛이 극도로 어두웠다. 무공을 모르는 제갈미는 얼굴이 새하얗게 질렸고 손을 덜덜 떨었다.

"왜들 그러시오?"

피월려의 질문에도 다들 말이 없었다.

침묵 속에서 혈적진이 대표로 말했다.

"방금 그 살기는……. 진짜로 그를 죽이실 작정이셨습니다. 이 자리에서. 지금."

"그렇소. 그게 가장 효과적인 방법이라 생각했소만?"

"……."

주하가 물었다.

"몸은 괜찮으십니까? 순간 마성에 젖으시는 줄 알았습니다."

"그러려고 했소. 단 대원도 지마급이니 내가 마성에 젖지 않고는 수월히 이길 수 없었을 것이오."

"위험한 도박이십니다."

"어차피 일필살이오. 결국 내가 죽거나 단 대원이 죽거나 하는 상황이오."

"……."

"뭐, 하여간. 대충 정리되었으니, 명을 내리도록 하겠소."

"존명!"

대전이 쩌렁쩌렁한 대답.

모두 다들 한 목소리로 대답했다. 갑자기 이런 반응을 보일 줄 몰랐던 피월려가 오히려 당황해 버렸다.

"아, 그……."

"……."

"간단히 대답만 하면 되오."

"존명!"

다시 한번 큰 소리가 나왔다.

                    *   *   *

　모두에게 할 일을 명한 피월려가 지부에서 나오자, 그를 기다리던 나지오가 불평을 늘어놓았다.

　"뭐야? 몰라? 나 부교주야. 지금 날 기다리게 한 거냐?"

　"미안하오. 일대원들에게 각각 명을 내리고 왔소."

　"무슨 명을? 어? 꼴을 보니, 잠도 안 잔 거 같은데? 뭔 일을 꾸미는 거야?"

　"내 약조를 지키기 위함이오."

　"약조? 무슨 약조?"

　"기억 안 나시면, 나중에 저절로 알게 될 것이오."

　"……."

　"하루를 지체했으니, 서둘러 길을 떠나야 할 것이오."

　"그렇지. 어이! 잠시 와봐!"

　나지오는 손가락으로 매화마검수들을 불렀다. 그의 친위대가 될 매화마검수는 화산파를 나온 때부터 지금까지 그를 주인으로 섬기고 있었다. 처음에는 삼십으로 시작한 그들인데, 지금은 다섯밖에 남지 않았다.

　매화마검수 중 한 명이 대표로 앞으로 나왔다.

　나지오는 그를 피월려에게 소개했다.

　"이름은 묵뇌. 검선하고 싸우다 천마에 올라섰지."

묵뇌는 나지오보다 나이가 들어 보였지만, 사십을 넘은 것 같진 않았다. 그럼에도 풍기는 기운이 너무나 날카로워, 마치 환갑의 무림인을 마주하고 있는 것 같았다.

피월려는 그와 딱 한 번 마주한 적이 있었다. 황태자를 암살하고, 검선에게 당해 몸을 가누지 못할 때, 그가 피월려에게 잠시 상황을 설명해 주었다.

묵뇌가 피월려에게 포권을 취했다.

"낙성혈신마의 위명은 많이 들었습니다."

피월려는 서둘러 포권을 취하면서 말했다.

"전처럼 말씀을 높이시지 마십시오. 천마급에 오르신 이상, 지마급인 제게 말씀을 높이는 건 옳지 않습니다."

"주인님의 친우이니 그럴 수 없습니다. 오히려 낙성혈신마께서 말씀을 낮추십시오."

"……"

피월려가 뭐라 말을 못 하자 나지오가 씨익 웃으며 피월려의 등을 툭 하고 쳤다.

"너무 신경 쓰지 마. 매화마검수들은 원래 이런 놈들이니까. 천마에 올랐으니 장로 한자리 차지하라니까 싫다네."

묵뇌는 나지오에게 고개를 숙이며 말했다.

"매화마검수는 부교주님의 팔과 다리, 그 이상도 이하도 아닙니다. 교주님께서 떠나라시면 자결할 것입니다."

나지오는 혐오스럽다는 듯이 혀를 내두르며 피월려에게 말했다.

"저거 봐, 저거. 저 정도면 병 아니냐? 징그러워서 떼놓고 싶은데 자결하겠다니 어쩔 수 없이 데리고는 있지."

땅을 바라보는 묵뇌의 눈빛에는 굽어지지 않는 신념이 엿보였다. 피월려는 그 모습을 보며 말했다.

"깊은 인연이 있는 것 같소."

나지오는 그 말에 보이지 않는 작은 웃음을 지었다. 미소라고 하기엔 뭔가 숨은 뜻이 숨겨진 것 같았다.

"악연이지, 그냥 악연."

＊   ＊   ＊

"이렇게 하면 정말로 돼요?"

열세 살의 어린 나지오는 의심스럽다는 듯 물었다. 사녹은 귀찮다는 듯이 얼굴을 찌푸렸다.

"시키면 시키는 대로 할 것이지 뭔 말이 많으냐? 비기를 익히기 싫다는 것이냐?"

"아니… 그게 아니고, 이렇게만 하면 비기를 익힐 수 있는가 해서……."

"설마 비기를 보름 만에 익힐 수 있다고 생각한 것이냐? 비기를 익히는 건 이 동굴을 나간 뒤에 하는 것이고 오로지 네 몫이다. 내가 보름 동안 가르쳐 주는 건, 비기를 익히는 방법 이다. 그러려면 이 자세를 제대로 익혀야 한다."

동굴로 희미하게 비추는 햇빛 아래에서 사녹은 가부좌를 틀고 있었다. 허나 그 가부좌는 나지오가 아는 것과 조금 다른 형태로써, 오른발과 왼발을 바깥쪽으로 휘어지게 굽혔다. 나지오는 그 자세를 따라했는데, 다리가 비명을 지르는 것 같았다. 마치 처음 가부좌를 익힐 때와 같았다.

나지오가 겨우 자세를 잡자 사녹이 눈을 감고 말했다.

"그런 다음 눈을 감고 몸속에서 화를 끌어 올려라. 몸이 달달 떨릴 때까지 화를 끌어 올려라. 누구를 상상해도 상관없다. 죽이고 싶은 인간을 떠올려라."

"알겠어요."

사녹이 슬며시 눈을 떠 나지오의 얼굴을 흘끗 보았다. 나지오의 대답이 즉시 나왔기 때문이다.

나지오의 표정에는 이미 분노가 차 있는 듯했다. 평소에 누군가를 죽이고 싶다는 생각을 하지 않았다면 바로 대답할 순 없었을 것이다.

열셋에 어찌 저런 한을 가지고 있을까?

사녹은 나지오가 딱하다는 생각을 하자마자 머릿속에서 지워 버렸다. 어린아이가 마공을 익히기 위해서는 한(恨)만큼 좋은 것이 없기 때문에, 그것을 딱하게 생각하여 마음이 여려지면 그에게 제대로 된 마공을 가르치기 어렵다.

사녹이 물었다.

"떠올렸느냐?"

"예."

"누구를 떠올렸느냐?"

"묵뇌."

"묵뇌? 그가 누구냐?"

"동문이에요. 저보다 두 살 많은."

"왜 그를 떠올렸느냐?"

"아버지도 떠올려 보고 동생도 떠올려 보고 스승님도 떠올려 봤어요. 하지만 그들을 죽이고 싶다는 생각을 하면 할수록 저도 모르게 약해지는 마음이 들었어요. 그 사람들은… 저도 모르겠어요. 죽이고 싶지만 또한 죽이고 싶지 않아요. 하지만 묵뇌 놈은 달라요. 그놈에게 느낄 수 있는 건 오로지 죽이고 싶다는 생각밖에 없어요."

"그놈이 무슨 짓을 했기에?"

"제가 따돌림을 당하고 모두에게 멸시를 받기 시작한 건 그놈 때문이에요. 그놈이 제가 무공을 못 익히자 저를 병신 까마귀라고 부르기 시작하고 나서부터… 그때부터 모든 게 꼬였어요. 그놈은 쳐 죽이고 또 쳐 죽일 거예요."

"......."

말 한 마디, 한 마디에서 절정고수가 뿜을 만한 살기가 느껴졌다.

나지오가 마음속에 품은 한은 오로지 묵뇌로 인한 것이 아니다. 묵뇌는 그중 한 부분만을 차지했을 뿐이다. 그러나 묵뇌에게 모든 한과 분노를 집중하자, 모든 화가 묵뇌에게 집중되었다. 나지오는 당장에라도 묵뇌를 죽이고 싶다는 살의에 정신이 바스라질 것 같았다.

이 상태로 마공을 익혔다가는, 절대로 대성할 수 없다. 무조건 마기에 지배된다. 이는 마공을 익히는 올바른 방법이 아니다.

한(恨)을 이용하더라도, 바르게 이용해야 한다.

사뇩은 나지오의 정신을 깨우쳐야 함을 느꼈다.

"그래서. 그놈을 죽이면? 모든 문제가 해결되느냐?"

"일단 죽이고 생각해 보죠."

"다시 묻겠다. 그놈을 죽이면 모든 문제가 해결되느냐 이 말이다."

"몰라요."

"네가 그런 살의를 품을 수 있는 이유는 바로 그를 죽임으로 인해서 네 안의 문제가 해결될 거라는 기대감 때문이다. 멸시로 인해 상처 난 마음이 회복될 거란 생각에서 그러한 것이다. 그것이 네가 살의를 품을 수 있게 된 이유이니라. 하지만 그것이 사실이더냐?"

"……."

"마공을 익히기 위해 필요한 마기는 사람의 광기를 기본으로 한다. 사람의 광기 중 가장 강한 건 살의지. 그렇기에 살의를 가지고 마공을 배우면 그 효과가 엄청나게 크다. 그러나 그 살의의 근본을 모른 채 익히면 필히 마기에 지배를 당한다. 마공은 마기를 지배하는 무공이지 지배당하는 것이 아니니라."

나지오는 머리가 아파오는 것 같았다. 살의를 너무 일으키다 보니 나지오의 눈앞에는 묵뇌가 살아 움직이며 그를 조롱하고 있었다. 병신 까마귀라는 환청이 들릴 지경이었다. 그런 상황에서 이성이 개입하려 하니, 머리가 터질 것 같은 기분이 들었다.

"그럼 어떻게 하라는 거예요? 대체!"

사녹이 말했다.

"마음을 죽여라."

"예?"

"문제를 해결하고 싶다는 마음. 다시 사랑받고 싶다는 마음. 회복하고 싶다는 마음. 구제받고 싶다는 마음. 그 마음 자체를 죽여라."

"그, 그런……."

사녹의 말이 나지오의 귓가를 강타했다. 나지오는 순간 가슴이 저려 숨을 쉬기 어려웠다. 찢어질 것 같은 고통이 계속되자, 그는 양손으로 가슴을 부여잡았다.

사녹은 냉담하게 말을 이었다.

"마음이 아프더냐?"

"……."

"그건 아직 마음이 살아 있기 때문이다. 살아 있기에 고통을 느끼는 것이다. 너는 네 부모를 사랑하고, 네 동생을 사랑하고, 네 스승을 사랑한다. 심지어 네가 악의밖에 없다는 동문 또한… 너는 사랑하느니라. 그 마음을 모두 죽여라. 그럼 고통은 사라진다. 그리고 그 고통 때문에 그들에게 복수하겠다는 복수심도 사라질 것이다. 아무런 감정도 느끼지 못할 것이다."

"그, 그건……."

"그래야만 진정한 마공을 익힐 수 있을 것이다. 마공을 익히는 자를 마인(魔人)이라 부른다. 마(魔)를 지배하려면 조금의 빌미도 주지 말아야 하느니라. 네 마음을 완전히 죽여라."

땅에 웅크리고 있던 나지오는 겨우겨우 나지막하게 물었다.

"불가능해요. 그건… 불가능해요."

"내가 구결을 읊어주마. 어서 자세를 잡고 속으로 되새기거

라. 모든 애증을 마공에게 넘겨라. 마공이 너의 감정을 대신할 것이며, 네 광기를 대신할 것이다."

나지오는 그렇게 보름 동안 마공을 익혔다. 사녹의 피와 나지오의 피를 섞어 만든 혈단을 먹으니, 임시적인 역혈지체를 이루어 마공의 역류를 감당할 수 있게 되었다. 그러나 이는 오래가지 못하는 것으로 꾸준히 사녹의 피로 만든 혈단을 먹어야 한다는 사실을 나지오는 잘 알았다.

보름 뒤, 낙안청검이 찾아왔을 때 나지오는 즉시 요구했다.

"한 달에 한 번씩. 각 달 보름마다 이곳에 와야 해요. 마공을 완성하기 위해서는 꼭 사녹 어르신을 뵈어야 해요."

세상을 향한 당당한 목소리와 공기를 뚫어버릴 듯한 눈빛. 낙안청검은 보름간 몰라보게 달라진 나지오의 모습에 감탄을 금하지 못했다. 낙안청검은 나지오가 생각보다 훨씬 성공적으로 마공을 익혔다는 사실에 마음이 부풀었다.

"좋다. 그런데 보름마다라면, 네 누이는 어찌할 생각이냐?"

"더 이상 보지 않겠어요."

단호한 목소리.

낙안청검이 말했다.

"알겠다. 돌아가자."

나지오와 낙안청검은 낙안봉 중턱으로 돌아갔다. 낙안청검은 즉시 그를 자기의 처소로 안내하여 자하마공에 관한 모든

것을 물어보았다. 하나하나 세세하게……. 자기가 익히려는 것
이 아니면 그리할 리가 없다.

나지오는 자신이 내기에 졌다는 사실을 바로 알았다. 그러
나 그 사실을 깨닫고도 아무런 감정을 느끼지 못했다. 낙안청
검을 향한 분노나 배신감은 광기의 일부가 되어 마공을 익히
는 데 좋은 영양분이 될 뿐이었다.

그렇게 시간이 지나갔다.

마공의 위력은 상당했다. 나지오는 한 달도 채 되지 않아,
일 년에 가까운 내력을 모았다. 그의 광기와 더불어 자하마공
의 위력이 한층 강력해진 것, 그리고 그의 어린 나이도 한몫
했다. 그는 동문보다 더 강한 마기를 모을 수 있을 때까지 그
들의 멸시를 꾸준히 참았다. 그리고 그 화를 이용해 오히려
자하마공을 익혔다.

나지오는 보름이 될 때마다, 사녹을 찾아갔다. 나지영을 만
나기 싫다는 핑계를 대고는 하루 정도 낙안봉에서 사라졌다.
나지영은 그가 만나주지 않아도 매 보름마다 그를 찾아왔으
나, 나지오는 그것을 핑계로 이용할 수 있다는 사실만 생각했
다. 나지영은 매번 사죄의 의미로 그의 텅 빈 집 앞에 무릎을
꿇고 하루 동안 있다 사라지길 반복했다. 그 때문에 낙안봉
의 제자들은 보름만 되면 그녀를 보기 위해서 나지오의 처소
앞에 모여들곤 했다. 그들을 제지하는 나지오가 없으니, 아예

보름마다 자리를 깔고 구경하기 일쑤였다.

그러나 나지오는 단 한 번도 그녀를 만나주지 않았다.

일 년의 시간이 지나고, 나지오의 몸에는 십 년에 해당하는 마기가 쌓였다. 사녹은 그것을 통해 나지오가 품은 한이 얼마나 지독한 것인지 느낄 수 있었다. 아무리 열네 살의 몸이지만, 일 년 만에 자하마공을 통해서 십 년의 마기를 쌓는 건 거의 불가능에 가깝기 때문이다. 자하마공 자체는 자하신공을 토대로 만든 것이라 마기를 쌓는 속도가 타 마공에 비해 빠르지도 않다. 그럼에도 나지오의 내력은 엄청난 성장 속도를 보여주었다.

나지오는 낙안봉에서 가르치는 대부분의 외공을 모두 익혔다. 그리고 그것들을 전부 펼칠 수 있게 되었다. 낙안청검이 그에게 자하마공에 관해 물어볼 때마다 틈틈이 화산파의 무공을 얻어내어 익힌 결과였다. 자하마공은 역혈지체에 맞춰 만든 자하신공이기 때문에, 그것을 기반으로 화산파의 무공들을 펼치는 데 있어, 저급한 단계에선 무리가 없었다.

겉으로 보기에도 나지오는 자하신공을 익힌 평범한 화산파의 제자 같았다. 자하신공과 자하마공의 차이가 두드러지게 나타나는 건, 적어도 팔 성 이상은 익혀야 했기 때문에 나지오는 마공을 익혔다는 사실을 누구에게도 들키지 않을 수 있었다.

"야! 병신 까마귀. 너, 내 방 치우라는 말 못 들었어? 왜 안 치웠어? 어? 죽고 싶어?"

묵뇌는 당장 목검을 휘두를 기세로 나지오에게 다가왔다.

훤칠한 외모.

누구보다도 성장이 빠른 무공.

자신감 넘치는 성격.

때문에 낙안봉의 모든 이대제자들은 묵뇌를 대형으로 모시고 있었다. 그런 묵뇌에게 감히 나지오가 반항한 것이다. 묵뇌는 이를 묵과할 수 없었다. 그는 씩씩거리며 죽일 듯 나지오를 노려보았다.

"네 방은 네가 치워."

"뭐?"

"네 방은 네가 치우라고."

묵뇌는 자기 귀를 의심했다. 이 상황을 바라보던 모든 이대제자들도 숨을 죽였다. 묵뇌는 큰 소리로 외쳤다.

"이 병신 까마귀가! 미쳤나!"

크게 휘두른 목검. 나지오는 화산파가 자랑하는 암향표(暗香飄)를 펼치며 옆으로 피해냈다.

"어엇!"

신묘한 신법에 당황한 묵뇌에게 나지오는 매화산수(梅花散手)를 펼쳐 그의 팔목을 내려침과 동시에 공중에 떠오른 목검을 낚아챘다. 그러고는 십사수매화검법(十四手梅花劍法)을 펼쳐 그의 가슴팍을 찔렀다.

"아아악!"

묵뇌는 뒤로 벌렁 자빠지며 입에 거품을 물었다. 나지오가 찌른 곳은 명치에 바로 위에 위치한 혈로 강하게 치면 절명할 수도 있는 극도로 위험한 곳이었다.

낙안봉 중턱. 이대제자들이 수련하는 마당에 침묵이 감돌았다.

사실 나지오가 묵뇌의 방을 치우지 않은 건 일부러 그런 것이다. 이젠 묵뇌를 보란 듯이 이길 수 있겠다는 자신감이 있었기 때문이다.

나지오는 동문들의 시선을 찬찬히 즐기면서 목검을 놓았다.

"다시 한번 내게 명령을 내리면 그땐 정말로 죽여 버릴 거야."

으름장을 놓은 나지오는 그 다음 어떻게 해야 할지 몰랐다. 막상 머릿속에서 생각만 하던 일이 벌어지니 어떤 행동을 해야 좋을지 판단이 잘 서지 않았다. 때문에 그는 민망함을 감추지 못하고 쫓기듯 마당에서 사라져 자기의 처소로 돌아갔다.

나지오는 그날 밤, 갖가지 희망에 부풀어 올랐다. 그를 우러러보는 시선으로 그와 친해지기 위해 안간힘을 쓰는 동문들이 눈앞에 훤했다. 이젠 여동생을 용서하고 만나주어야겠다는 생각도 했다. 스승님도 이젠 그를 제대로 제자로 맞이해 주며 대형으로 추대하지 않을까 하는 기대까지 하게 되었다.

하지만 그런 일은 없었다.

오히려 나지오는 외톨이가 되었다.

그 이후로부터, 아무도 그에게 말을 걸지 않았다.

그를 골탕 먹이며 멸시하던 동문들은 이제 그를 완전히 무시했다.

묵뇌조차 그를 완전히 무시했다.

나지오는 외로움에 사무쳐 울음을 참으면서 사녹의 말을 되새겼다.

마음을 완전히 죽여라.

마음을 완전히 죽여라.

나지오는 그때까지도 살아남은 마음이 있었다는 사실을 자각했다. 그리고 그것을 또 한 번 죽였다. 죽여도 죽여도 살아나는 마음이 이젠 귀찮다.

"자꾸 살아나요. 마음이."

사녹은 무거운 눈꺼풀을 들어 나지오를 보았다. 요즘 들어 혈단만 꼬박꼬박 받아갈 뿐, 별다른 대화도 나누지 않던 나지오가 갑작스레 물어왔기 때문이다.

사녹이 대답했다.

"인간인 이상 어쩔 수 없다. 계속 죽여라. 그게 마인의 길이다."

"……."

"모르지. 언젠가는 그 번뇌에서 탈피할 수 있을지도……."

나지오는 잠시 말이 없다가 다시 걸음을 옮기기 시작했다. 나지오가 막 시야에서 사라지려는데, 사녹이 말을 이었다.

"최근에 낙안청검이 왔었다."

"스승님이요? 제겐 별다른 말씀이 없으셨는데."

"꽤 자주 왔다. 너에게는 비밀로 하라더구나."

"……."

"온갖 같잖지도 않는 협박을 늘어놓으며 마공을 내놓으라는데. 껄껄껄. 그놈. 자하마공을 몰래 훔쳐 배우다가 주화입마가 시작된 게 분명하다. 아직 스스로는 자각하지 못하는데, 내 눈을 속일 수는 없지."

스승이 주화입마에 들었다는 사실을 들어도 나지오의 마음은 얼음장처럼 차가워, 아무런 감정도 떠오르지 않았다.

"나랑은 관계없는 일이에요."

"있을 거다. 그놈이 자기가 주화입마에 들었다는 걸 자각하면, 마성에 젖지 않는 방법을 네게서 알아내려 할 테니까."

나지오는 고개를 돌려 사녹을 보았다.

"혈단에 관한 걸 말해주지 말라는 건가요?"

"말해줘도 상관없다. 그 혈단으로 네가 마기를 다룰 수 있는 건, 네가 가진 마기의 양이 극소량인 것과 더불어, 네가 어리기 때문이니까. 낙안청검은 본래 가진 내력이 많기 때문에, 최상의 마단이 아니라면 효과를 보기 힘들다. 마단도 아닌 혈단이라면 어림없지."

"그러면요? 말하고 싶은 게 뭐예요?"

"그냥, 알려주는 거다. 처신을 잘하라는 뜻이지. 너는 꼭 살아남아야 하니까."

"……."

"내기를 잊지 않았겠지? 너는 나를 여기서 탈출시킬 것이야."

나지오는 대답하지 않았다.

그가 낙안봉에 돌아오자, 낙안청검이 그를 즉시 찾았다. 나지오는 설마 하는 생각을 품고는 낙안청검의 처소에 들어갔다.

"스승님을 뵙니다."

"왔느냐? 앉아라. 네게 물을 것이 있다."

"예, 말씀하세요."

"네가 익힌 비기에 대해서 아는 것을 전부 털어놓거라. 내력을 더 잘 다스리는 뭐 그런 특별한 방법이 있지 않느냐?"

"예?"

나지오가 되묻자 낙안청검이 눈길을 회피하며 말했다.

"그자가 못된 마음을 품고 네게 비기를 잘못 가르쳐 주었을까 걱정되어서 그런 것이다."

"……."

결국 사녹의 말이 맞았다.

낙안청검은 살벌한 목소리로 재촉했다.

"왜? 말하기 싫으냐?"

배신이라면 배신이겠지만, 배신처럼 느껴지지도 않는다. 이것이 마음을 죽인 결과인가? 나지오는 담담한 목소리로 대답했다.

"그럴 리가 있겠습니까. 우선 스승님께서 먼저 말씀해 보시지요. 제자가 부족한 부분을 말씀드리겠습니다."

그 뒤, 나지오는 자연스럽게 혈단에 관한 것을 넌지시 일러 주었다. 그러자 낙안청검은 그를 크게 칭찬하며 가까이 와 그를 끌어안았다.

"과연! 과연! 그렇구나. 그런 것이야! 이 사실을 누구에게도 발설해선 안 되느니라. 알겠느냐?"

"제자, 잘 압니다."

"내 너를 화산파의 매화검수로 추천할 것이다. 네 나이가 지금 열넷이니, 어쩌면 화산파 역사상 최연소로 매화검수가 될 수 있겠구나."

매화검수는 화산파의 제자 모두가 꿈꾸는 자리다. 화산파가 자랑하는 후기지수로, 화산파의 장로들 중 구 할 이상이 매화검수 출신이다. 화산파에서 영향력을 넓히기 위해서는 무조건 달성해야 하는 첫 번째 관문이다.

정말로 매화검수로 만들려는 것인가. 나지오는 다시 마음이 살아나는 것을 느꼈다.

나지오는 떨리는 목소리로 물었다.

"저, 정말입니까?"

"그러하다. 하지만 너는 아직 매화검수가 되기에는 부족한 면이 많다. 그 부분을 완전히 채우기 전까지는 내가 아무리 너를 추천한다고 할지라도 매화검수가 될 수 없다."

다시 살아난 감정은 나지오의 마음을 다시금 흔들었다. 이제 갓 열네 살인 나지오는 그 흐름을 이기지 못하고 휩쓸릴 수밖에 없었다.

"무, 무슨 일이든 하겠습니다. 매화검수가 될 수만 있다면 무슨 일이든 할 것입니다!"

나지오의 말을 듣자, 낙안청검은 포근한 미소를 지었다. 허나, 그의 눈빛 속에는 검은 욕망이 있었다.

나지오는 그것을 보지 못했다. 낙안청검이 말했다.

"좋다. 네가 무슨 일이든 할 각오가 되어 있다면, 폐관수련도 마다하지 않을 것이라 믿는다."

"폐관수련이면, 그⋯⋯."

"매화검수가 될 수 있을 만한 역량을 지닐 때까지 폐관수련에 임하는 것이다. 화산파의 수많은 고수들이 폐관수련에 들어 절정 혹은 초절정에 이르렀으며, 심지어 입신의 경지까지도 깨달은 분들도 계신다. 너는 그런 영광스러운 분들과 같은 자리에 임하는 것이다."

"폐관수련을 하게 되면 외부와는 완전히 단절된다고 들었어요. 그, 그러면 제 동생과도 만날 수 없는 것 아니에요?"

"폐관수련을 하는 이유는 외부와 단절하여 외부로부터 오는 모든 번뇌를 차단하기 위함이다. 당연히 만날 수 없다."

"그, 그건⋯⋯."

"어차피 넌 옥소녀를 만나주지 않는다고 들었는데⋯⋯. 이제 와서 달라질 것이 무엇이냐?"

"⋯그렇죠."

"그럼 지금 당장 들어가거라."

"지금 당장이라면?"

"그래. 마음의 결심이 섰을 때, 바로 들어가야 하느니라."

"⋯⋯."

"싫더냐? 이 스승은 네가 잘되기 위해 하는 말이거늘, 네게는 너무 큰 부담이 아닌가 한다. 네가 정 싫다면 묵뇌에게 이 일을 맡⋯⋯."

"할게요! 하겠습니다."

낙안청검의 눈빛 속 검은 욕망이 한층 더 깊어졌다.

"정말이냐?"

"예! 할 거예요."

"좋다. 나를 따라와라."

낙안청검은 갑자기 자리에서 일어나 나지오를 이끌었다. 나지오는 얼떨결에 그를 따라가게 되었는데, 그들은 어떤 큰 바위 위에 도착했다. 그 바위 중앙에는 사람 둘이 겨우 들어갈 만한 작은 구멍이 뚫려 있었고, 그 아래로는 깊이가 수십 장에 달하는 큰 동공(洞空)이 있었다. 한 곳에서 빛이 새어 들어와 그 크기를 짐작할 수 있었다.

낙안청검은 밧줄을 나지오의 몸에 묶더니 말했다.

"들어가라. 안에서 폐관수련을 시작하거라."

"그, 그냥 들어가라 하시면⋯⋯. 어찌 폐관수련을 시작하라는 것이죠?"

"폐관수련이 달리 폐관수련이겠느냐? 그저 밖과 단절된 곳에서 무공을 익히는 것이지. 네게 필요한 음식과 비급은 내가 전부 가져다 줄 것이니 걱정하지 마라."

"⋯⋯."

"벌써 결심이 무뎌진 것이냐? 네가 싫으면 묵뇌에게⋯⋯."

"아니에요! 들어갈게요."

나지오는 밧줄에 매달려 아래로 내려갔다. 바닥에 도착하자, 그 온도가 따스하다는 것을 느낄 수 있었다.

낙안청검이 위에서 얼굴을 내밀고 큰 소리로 외쳤다.

"한겨울에도 한여름에도 바다 아래 흐르는 온수로 온도가 유지되는 곳이다. 폐관수련하기에 최적의 장소로, 수많은 화산파의 고수들이 배출된 곳이다. 딴생각 품지 말고 어서 수련에 집중하거라."

그렇게 말한 낙안청검은 큰 돌을 어디선가 가져와 동공의 위를 막아버렸다. 다행이 어디선가 스며드는 햇빛으로 동공은 별로 어둡지 않았다.

쿵!

반 시진 정도가 지나자 나지오는 제대로 상황을 판단할 수 없었다. 자기도 모르게 이곳까지 와버렸는데, 이게 잘한 일인지 못한 일인지 판단이 안 서는 것이었다.

두 시진이 지나자 그는 수련 말고는 정말로 할 수 있는 일이 없다는 것을 깨달았다. 넓은 동공에서 살아 움직이는 것은 그 혼자뿐. 아무것도 없었다.

그는 수련을 시작했다.

낙안청검은 하루에 한 번, 동공의 문을 열고 음식을 주었다. 푸짐한 고기를 가져오기도 했고 생전 보지 못한 음식도 가져왔다. 또한 잘 깎인 목검과 날이 제대로 선 진검을 가져오기도 했다.

나지오는 악착같이 수련에 매달렸다. 낙안청검의 말을 믿기보다는 그것밖에 할 것이 없다는 이유가 더 컸다.

한 달 정도가 지나고, 처음으로 낙안청검이 누군가를 데려왔다. 밧줄로 그를 묶어 아래로 내려주는데, 초라하기 짝이 없는 행색의 노인이었다.

사녹.

그는 측은함이 가득한 눈빛으로 나지오를 보았다. 나지오가 위를 보니, 낙안청검이 눈에 불을 켜고 그들을 지켜보고 있었다.

사녹이 말했다.

"행색이 많이 야위었구나. 혈색도 좋지 못하고."

사녹은 혈색이란 말을 하면서 손을 앞으로 뻗었다. 정확히는 '혈'이란 말을 할 때였다. 나지오는 그것이 피를 말함을 깨닫고 바닥의 돌을 이용해 팔뚝의 살을 살짝 찢었다. 그리고 사녹에게 피를 전해주었다. 사녹은 자기의 피로 만든 혈단에 나지오의 피를 묻히고는 충분히 굳을 때까지 손가락으로 굴렸다.

한 시진 정도 흐른 뒤, 혈단이 완성되자 사녹이 그것을 나지오에게 건네주었다. 그러고는 위쪽에 있는 낙안청검에게 신호했다.

사녹이 밧줄에 매달려 들려 오르면서, 마지막으로 말을 남겼다.

"잊지 마라. 마음을 죽이거라."

"……."

"죽여라. 그 길이 사는 길이다."

마지막 말은 나지오의 마음속에 남았다.

시간은 흘러, 삼 년이 지났다.

나지오는 절정을 깨닫는 순간, 스스로가 절정에 임했다는 것을 자각했다. 왜냐하면 일주천(一周天)하는 데 조금도 소비되는 내력이 없었기 때문이다. 그러니 새로운 숨을 들이마실 필요가 없었다. 단전에 쌓인 내력이 몸 전체를 한 바퀴 돌았는데도 소비된 내력이 전혀 없으니, 이는 외부의 도움 없이도 무한히 내력을 돌릴 수 있음을 뜻했다.

소우주의 완성. 이는 내공이 절정에 달했다는 말이다. 나지오는 한 달도 채 되지 않아, 화산파 검공을 모조리 익혀 나갔다.

보름이 되어 동공의 문이 열리고, 낙안청검은 눈을 마주치자마자 나지오가 절정에 올랐음을 즉시 알았다.

"눈빛의 청명함이 소우주를 완성하지 않고는 얻을 수 없는 수준이구나. 절정에 올랐느냐?"

나지오는 고개를 끄덕였다.

"스승님 덕분입니다. 이제 전 매화검수가 될 자격을 얻은 겁니까?"

"물론이다. 일류 고수도 매화검수가 될 수 있거늘, 하물며 절정고수인 네가 되지 못하겠느냐."

"그럼 제가 절정고수가 될 때까지 이곳에 가두신 이유는 무엇입니까?"

"그것은 네 출신 때문이다. 네 실력이 일류에 그친다면 네 출신이 중요해진다. 그러나 절정이라면 네가 가진 그 어떤 것도 매화검수가 되는 데 있어 방해가 될 수 없으니라."

"결국 실력이 중요한 것이군요."

"그렇다. 밧줄을 내려줄 테니, 어서 나와라."

나지오는 그 자리에서 암향표를 펼쳤다. 자하마공은 마기를 다루기에, 자하신공으로 얻는 내력보다 훨씬 더 강력한 힘을 낼 수 있다. 따라서 자하마공의 마기를 사용하는 암향표도 보통의 것보다 과격한 힘을 내었다.

두세 번의 도움닫기로 나지오는 단번에 동공에서 빠져나왔다. 그리고 낙안청검의 옆에 딱 섰다.

"스승님을 뵈옵니다."

실오라기 하나 걸치지 않은 열일곱의 나지오는 보통 남성에 비해 키가 작았다. 이는 유전적인 부분도 있지만, 한참 자라는 나이에 몸을 혹사시킨 결과였다. 그러나 그 대가로 그의 몸은 돌처럼 단단한 근육들이 당장에라도 살을 뚫고 나올 정도로 밀집해 있었다.

낙안청검은 한동안 말을 잊지 못했다.

"대단하구나. 이 높이를 뛰다니."

"스승님께서 허락하신 비기 덕분입니다."

나지오는 고개를 들어 낙안청검을 보았다. 낙안청검의 눈동자에는 놀라움이 가득했지만, 그 깊은 곳 안은 말로 표현할 수 없는 질투심으로 불타고 있었다. 정심한 내공을 익힌 사람은 절대 가질 수 없을 정도로 거대한 질투였다. 절정을 이룩한 나지오는 처음으로 그것을 확실히 볼 수 있었다. 어렸을 때부터 남을 질투했기에, 나지오는 누구보다도 낙안청검의 질투심을 잘 볼 수 있었다.

질투?

나지오는 생소했다. 그는 항상 다른 누군가를 질투했지, 그 질투의 대상이 되어본 적이 없었다. 그런데 세상에서 가장 강한 사람이라 믿어왔던 스승님이 자기를 질투할 줄이야.

"이젠 몸을 단정히 하고 장문인을 뵈어, 매화검수로 추천할 때가 왔구나. 그러나 그 전에 할 일이 있느니라."

"하명하십시오."

"내 눈으로만 네가 절정에 올랐다는 것을 확신할 수 없으니, 네 동문들과 한번 겨루어라. 낙안봉의 이대제자들 중 가장 뛰어난 묵뇌와 말이다."

"묵뇌… 말입니까?"

"자신이 없더냐?"

"아닙니다. 하겠습니다."

나지오의 귀환은 낙안봉 이대제자들 간에 희대의 사건이 되었다. 낙안청검은 나지오가 폐관수련에 들었다는 사실을 숨겼기 때문에, 모든 이는 그가 실종된 줄로만 알았었다. 나지오도 딱히 사실을 말하지 않고는, 그저 삼 년간 수련을 쌓았다고만 변명했다.

다음 날이 되고 묵뇌와 마주하게 되었다. 그런데 뜻밖에 그의 옆에는 나지영이 같이 있었다. 나지영은 나지오를 보자마자 눈물을 뿌리며, 그에게 달려왔다. 그러고는 그의 품에 파고들며 울먹거렸다.

"오라버니……. 오라버니……. 나는 오라버니가 죽을 줄로만 알았어요."

이상하다. 아무런 감정이 들지 않는다.

반갑지도 않고 기쁘지도 않다.

대신 다른 생각이 들었다.

나지오는 냉담한 눈길을 들어 묵뇌를 보았다.

"너, 묵뇌와 무슨 사이더냐?"

"에?"

나지영은 갑작스러운 질문에 눈을 동그랗게 떴다. 나지오는 그 표정을 보곤 모든 것을 이해했다.

열아홉의 묵뇌는 나지오가 봐도 멋진 사내였다. 옥소녀라 불리는 나지영과 한 쌍을 이뤄도 부족함이 없는 남자로 보였다.

이상하다. 아무런 감정이 들지 않는다.

밉지도 않고 부럽지도 않다.

삼 년 동안 나지오의 인격은 자하마공으로 인해 완전히 변했다.

나지오는 부드럽게 나지영을 밀었다.

"오, 오라버니?"

나지영은 당황한 눈빛으로 나지오를 보았으나, 나지오는 그녀에게 눈길 한번 주지 않았다. 그의 눈빛은 묵뇌에게 고정되어 있었다.

묵뇌가 그에게 말했다.

"지난 어린 날, 내가 한 잘못을 잘 알고 있다. 용서해라."

나지오가 물었다.

"내 누이와 연인 관계인가?"

"그래. 이미 장래를 약속했다. 가족이 될 터이니, 지난날의 은원을 정리했으면 하는구나."

나지오는 진검을 뽑았다.

"관심 없어. 검이나 뽑아."

"……"

둘은 격돌했다.

경공과 검공이 난무하는 사이, 나지오의 표정은 평온했다. 그러나 묵뇌의 표정은 시간이 흐르면 흐를수록 일그러졌다. 수백 초를 주고받은 뒤 나지오가 거리를 벌린 다음 물었다.

"비기를… 익혔나?"

묵뇌가 대답했다.

"스승님께서 창시하신 자하혼신공(紫霞昏神功)을 말하는 것이라면 그렇다. 낙안봉의 이대제자라면 모두 익히는 것이다."

나지오는 슬쩍 낙안청검을 보았다. 낙안청검은 나지오의 시선을 느끼고는 눈에 힘을 주어 그를 마주 보았다.

발설하지 마라.

나지오는 웃음이 나오는 걸 참았다.

나도 모자라서, 낙안봉 제자 전체를 실험체로 삼은 것인가? 마공이라는 것도 가르쳐 주지 않고?

나지오는 검에 검기를 일으키며 십사수매화검법을 펼쳤다. 검에 기가 실리니 십사수매화검법이 십사수매화검공이 되어 묵뇌를 덮쳤다.

묵뇌는 그것을 피하지 못해 뒤로 쓰러졌다. 묵뇌의 검은 세로로 두 동강 나 있었다.

나지오는 검집에 검을 넣으며 말했다.

"팔 하나는 자르려 했으나, 누이를 생각해서 그만두었다."

"……."

나지오는 낙안청검을 보았다.

"스승님. 이젠 확신하실 수 있으시겠습니까?"

낙안청검의 입가는 부들부들 떨렸다. 그는 억지로 미소를 지으며 말했다.

"확신한다. 내일 아침, 나와 장문인을 뵐 것이니 차비해라."

"예."

낙안청검은 발걸음을 돌렸다. 나지오도 발걸음을 돌리려는데, 어느새 그를 따라온 나지영이 그의 옷깃을 붙잡았다.

"오라버니……."

나지오가 말했다.

"네 연인이나 잘 챙겨라."

"오라……."

나지오는 냉담하게 돌아서 자기의 처소로 갔다.

그곳은 삼 년간 방치되어 먼지가 가득했고, 거미줄이 사방 팔방에 있었다. 나지오는 아무렇게나 방을 치우고는 눈을 감았다.

다음 날이 되어 그는 낙안청검과 낙안봉에서 내려와 조양봉(朝陽峰)으로 갔다. 낙안청검의 친형이자, 현 화산파 장문인인 향검(香劍) 정충은 조양봉의 고수이기 때문이었다. 그들이 경공을 펼쳐 조양봉에 도착하니, 정오가 되었다.

조양봉의 환경은 낙안봉과 다른 점이 없었다. 익숙하지만 않을 뿐, 만약 화산을 모르는 사람이라면 조양봉과 낙안봉을 구분할 수 없었을 것이다. 조양봉의 고수들도 마찬가지였다. 낙안봉의 고수들과 크게 다른 점이 없었다.

정충은 낙안청검과 비슷한 외형을 가지고 있었다. 그러나 낙안청검보다는 한결 부드러운 눈매와 따듯한 인상이 차이라면 차이였다.

나지오는 고개를 숙였고, 대화는 낙안청검이 이어갔다. 나지오는 인사를 올린 뒤, 단 한 마디도 하지 않았고, 모든 대화를 낙안청검에게 맡겼다.

그 때문일까? 반각도 지나지 않아 정충은 낙안청검의 말에 동의했다.

"열일곱의 절정이라면, 화산파의 미래를 책임질 만한 자질이군. 장로회와 논의를 해야 확실해 지겠지만, 매화검수가 되는 데 무리는 없을 것이다."

"잘 부탁드리겠습니다, 형님."

낙안청검은 나지오를 두고 먼저 하산했다.

나지오는 이후 삼 일 정도 조양봉에 머무르며 매화검수가 되기 위한 시험을 치렀다. 사실 그 시험은 일류고수들이 통과할 수 있는 수준으로 짜인 것이기 때문에 나지오가 통과하는 데 있어 큰 무리는 없었다.

열일곱의 나이로, 나지오는 구파일방 삼강 중 하나인 화산파의 자랑스러운 매화검수가 되었다. 이는 화산파의 후기지수로 인정을 받았음과 동시에 이대제자의 신분에서 일대제자가 되는 것이었다. 그리고 그 증거로 그는 화산파 장로회에서 별호를 하사받았다.

태룡검수(太龍劍手).

나지오는 그 이후, 본명으로 불리지 않았다. 그의 스승인 낙안청검도 그를 태룡검수로 불렀다.

매화검수가 된 그는 의무적으로 하루의 반 이상을 합격진을 배우는 데 소모해야 했다. 이는 후기지수 간에 마음을 모으고 서로의 교류를 도모하기 위한 화산파의 제도 중 하나였다. 어차피 백도의 정공은 정순한 내력을 모으기 위해서 수십 년의 시간이 필요하기에 조급한 마음으로 빨리 배운다고 대성할 수 있는 것이 아니었다. 내력은 시간이 해결해 주니, 젊은 고수들에게 필요한 것은 마음의 소양이라는 것이 거의 대부분의 백도문파가 가진 논리였다.

하지만 나지오는 이를 지루하게 생각했다. 자하마공을 익힌 그는 남들과는 비교도 할 수 없을 만큼 내력의 양이 늘어났기 때문에, 그 넘쳐나는 내력들을 효과적으로 사용할 수 있는 고급 외공을 익히길 원했다. 검기와 검강이 주가 되는 이십사수매화검공(二十四手梅花劍功)이나, 심후한 내력으로만 펼칠 수 있는 매화장공(梅花掌功) 등, 화산파에는 나지오의 무공 욕심을 채워줄 고급 무공들이 수두룩했다.

나지오는 매달 보름마다 사녹을 보러갔고, 나지영은 또다시 보름마다 그를 찾아왔다. 묵뇌가 그녀를 말려도 그녀는 막무가내로 나지오를 기다렸다. 허나 나지오는 그녀를 만나주지 않았다. 만나고 싶다는 생각이 들지도 않았고, 만나서 할 말도 없었다.

그렇게 또다시 일 년 정도의 시간이 흘렀다.

나지오는 새로운 매화검수가 온다는 말을 들었다. 매화검수 중에서도 단연 돋보이던 나지오의 다음 목표는 구파일방 전체에서 태룡이라는 별호를 가지는 것이었다. 당당하게 용의 자리에 들어가는 것이다. 그렇기에 그는 화산파에 무슨 일이 일어나든 일절 상관하지 않고, 오로지 수련에만 몰두하며 무공을 익혔었다. 허나 이번만큼은 그도 평정심을 유지할 수 없었다.

묵뇌.

그가 절정에 올라 매화검수가 됐다는 것이었다. 그는 시험에 통과하자마자, 조양봉에 기거하던 나지오를 찾아와 나지오의 얼굴에 주먹질을 했다. 그 기습적인 공격을 나지오는 회피하지 못했고, 그로 인해 묵뇌가 절정에 올랐다는 사실을 인정할 수밖에 없었다.

"어째서! 왜 지 매를 만나주지 않는 거지?"

나지오는 입속에서 피 맛을 느끼며 대답했다.

"내 마음이다."

"개자식."

그들은 싸웠다. 서로가 죽일 듯이 싸웠다. 서로의 밑천이 모두 드러나도록, 생사혈전에 비견할 정도로 치열하게 싸웠다. 칼로 피를 봤고, 뼈가 부서졌다. 나지오는 오랫동안 품고 있었던 앙금을 거기서 다 풀었다.

온몸을 꼼짝도 할 수 없어 병상에 누워 있던 나지오는 나지영의 방문을 거부할 수 없었다. 묵뇌도 나지오만큼이나 다쳐 옆에 누워 있었는데, 나지영은 나지오에게 먼저 다가와 말을 걸었다.

그녀는 눈물이 가득한 눈동자로 물었다.

"오라버니……."

"……."

"괜찮아요?"

나지오는 침묵을 지켰다.

하지만 나지영은 발길을 돌리지 않았다.

그를 내려다보는 나지영의 눈길 속에서 나지오는 어머니의 눈을 보았다. 그러고 보니 나지영의 눈은 어머니의 것과 똑같았다.

반 시진의 침묵은 기어코 깨졌다.

"괜찮아."

말 한 마디.

나지오는 자기 입으로 흘러나온 그 말을 듣고 속으로 큰 충격을 받았다. 그 어투에는 삼 년간의 폐관수련으로 잃어버린 순수함이 가득했기 때문이다. 어린 날의 나지오가 다시 살아 숨 쉬는 것 같았다.

나지영은 울음을 닦으며 미소를 지었다.

그때였다. 장로회에서 들이닥친 것은.

"태룡검수를 데려가라."

명령을 내리는 다섯 명의 장로들의 표정은 심각했다. 나지영은 놀란 가슴을 진정시키며 물었다.

"무, 무슨 일이세요?"

"태룡검수가 마공을 익혔다는 제보가 있었다."

"예?"

"어서 잡아가라."

나지오는 절망적인 기분을 느껴, 뭐라 변명하려는데 화산파 고수 중 한명이 그를 혼절시켜 버렸다.

나지오가 눈을 떴을 때는 그 단전이 꿰뚫린 상태였다. 온몸에 힘이 없어 나지오는 말 한 마디도 할 수 없었다. 내력도, 마기도 전부 사라지고 없었다.

어두운 방 안에서 낙안청검의 목소리가 들렸다.

"모든 걸 함구해라."

"……"

"그렇지 않으면 네 누이가 불행해질 것이다."

"이러려고 한 거예요? 결국?"

"너로 인해 자하혼신공의 연구가 상당히 진전이 있었다. 그걸 익힌 묵뇌도 절정에 오를 수 있다는 사실을 확인했으니, 더 이상 네가 필요하지 않다."

"이 모든 일이 스승님에게서 비롯되었다는 걸 말할 겁니다. 제 누이를 죽이든 말든 상관 안 해요! 그러니 절 여기서 죽이시든지 마음대로 해요."

"난 너나 네 누이를 죽일 순 없다."

"왜요?"

"화산파에서는 살생을 금하느니라."

"키킥! 킥킥킥! 킥킥킥!"

나지오는 마음껏 웃었다. 하지만 텅 비어버린 단전 때문에 마음까지도 공허해졌는지, 아무리 웃어도 기분이 나아지질 않았다.

낙안청검이 말했다.

"화산파에서 너는 파문되었다. 또한 마공을 익힌 마인이니, 내 손수 너를 대악지옥(大惡地獄)에 집어넣을 것이다. 그곳에서 일생을 살아라. 사녹도 네 몸을 연구하고 싶어 안달이 났더군."

"전 악행을 저지른 적 없는데요? 제가 왜 대악지옥에 들어가야 하죠?"

"화산파의 제자가 마인이 된 것이 바로 악이니라."

"……"

"믿지 않을지 모르겠으나, 나는 네게 참으로 고맙다. 십 년 동안 정체된 내 무공에 드디어 진전이 생겼다. 나는 내가 연구하여 만든 자하혼신공으로 입신에 들어설 것이다. 내가 조화경에 이르면 화산파의 이름이 무당파와 견주게 될 것이니, 너와 네 동문들은 화산파를 위해 고귀한 희생을 한 것과 진배없다."

"역시, 저뿐만 아니라 동문들까지도 실험한 거군요?"

"사녹 그 사악한 놈이 자하마공을 제대로 전해줄 리가 없지. 그러니 시행착오는 꼭 필요한 것이었다."

"……"

"함구해라. 그러면 살 수 있다. 그리고 네 여동생도 원래대로 화산파의 자랑스러운 검봉으로 행복한 인생을 살 수 있을 것이다. 내 말을 명심하거라."

낙안청검은 사라졌고, 나지오는 어두운 방 안에 홀로 남았다.

그는 웃고 또 웃고 또 웃었다.

다음 번 눈을 떴을 때에는, 눈에 익숙한 사람이 보였다.

사녹은 그의 머릿결을 쓰다듬으며 말했다.

"수고했다. 오랜 시간이 걸렸으나, 결국 이렇게 오게 되었구나."

나지오는 힘겹게 눈을 떴다.

"여긴 대악지옥인가요?"

"그래. 우리가 항상 갇혀 있던 곳이다."

"스승님이… 아니, 낙안청검이 진짜로 절 살려주었을 줄은 꿈에도 몰랐어요."

"만약 지금까지 한 악행에 더불어 부당한 살생까지 했다면, 죄책감으로 정신이 탁해져서 자하신공으로 얻은 정순한 내력이 전부 무용지물이 되었을 거다. 안 한 것이 아니라 못 한 것이지."

나지오는 웃었다.

"킥킥. 재밌네요. 정공이라. 킥킥킥."

그는 몸을 일으켰다. 사녹은 미리 준비해 둔 박쥐를 건네주었다.

"먹어라. 먹고 기운 차려야지."

나지오는 그것을 베어 먹었다. 박쥐의 맛은 전혀 입맛에 맞지 않았지만, 살기 위해서라도 먹어야 했다. 사녹이 그런 나지오를 보며 말했다.

"말투와 성격까지 어린아이로 돌아간 것을 보면 드디어 자하마공의 흔적이 완전히 네 몸에서 사라진 것이로구나."

"그래요? 전 잘 모르겠는데. 제 성격이 변했나요?"

"많이 변했다."

"킥킥. 그래요?"

나지오는 우걱우걱 박쥐를 씹어 먹었다. 그는 배부른 배를 탕탕 치더니 말했다.

"아 배부르다. 뭐 이렇게 사는 것도 나쁘지는……."

나지오는 말을 흐렸다. 그럴 수밖에 없었다. 손가락에서 전해진 느낌이 너무 이질적이었기 때문이다. 그는 급격히 커진 눈으로 자기의 배를 보았다.

뻥 뚫려 있어야 할 단전이 그대로였다.

사녹이 말했다.

"일 년이 걸렸다. 단전을 완전히 회복시키는 데. 내가 가진 모든 지식을 총동원하였다 해도, 일 년이면 참으로 회복이 빠른 것이다. 이럴 줄 알았다면 차라리 자하마공을 무단전의 마공으로 만들 걸 그랬다. 다음 번 마공은 그리 만들어야겠어……."

나지오는 황당했다.

"제, 제가 여기 들어온 지 얼마나 된 거죠?"

"일 년이다."

"……"

"넌 일 년 동안 제정신을 되찾지 못했다. 가끔 깨어나긴 했지만, 정신을 반쯤 놓고 있었지. 아무것도 기억나지 않느냐?"

"……"

"됐다. 차라리 좋은 것이다. 반대로 말하면 자하마공의 영향에서 완전히 회복했다는 뜻이니까."

"그럼 제가 지금 몇 살인 거죠?"

"열아홉일 것이다."

"……"

나지오는 꿀 먹은 벙어리처럼 말을 잇지 못했다. 사녹은 그의 앞에 마주 앉으며 말했다.

"이제부터가 시작이니라. 너는 자하마공을 익혀야 한다."

"그게 무슨 말이에요?"

"새롭게. 다시. 처음부터. 제대로 익혀야 한다. 그것이 너와 내가 이곳에서 탈출할 수 있는 유일한 방법이다. 내 몸은 너무 늙어 단전을 회복할 길이 없으나, 너는 이렇듯 완벽히 회복했다. 네가 다시 마공을 익힌다면 여기서 떠나는 건 시간문제이니라."

"…지금부터 익힌다고 얼마나 익힐 수 있겠어요?"

"여기서 딱 십 년만 내력을 모으면 될 것이다. 그러면 이 정도 종유석은 충분히 부술 수 있다. 일단 탈출하여 천마신교에 도착하기만 하면, 내가 널 책임지고 입교시키마."

사녹의 눈빛에는 희망이 엿보였다. 분명 그는 이 일이 이렇게 될 것임을 알았던 것이 분명하다.

나지오는 잠시 생각하다 말을 이었다.

"더 좋은 방법이 있어요. 지금 시간이 흐른 게, 일 년이라 했죠?"

"그렇다."

"만약 밖과 연락할 수만 있다면 우린 일 년 안에도 탈출 할 수 있어요."

"흐음? 어째서?"

"낙안청검은 자하마공을 낙안봉 이대제자 전체에게 가르쳤어요. 그들까지도 실험체로 사용할 목적이었죠. 아마 지금쯤이면, 낙안봉 이대제자들의 내력이 너무 늘어나 비밀을 유지하는 데 문제가 심각할 거예요. 그들에게 사실을 알리고 도움을 청하면 되요."

"그게 무슨 뜻이냐?"

"그들은 자하혼신공이라는 내공을 익혔어요. 그 근본은 자하마공이기 때문에 역혈지체가 아닌 이상 필연적으로 주화입마에 빠지죠. 그 사실을 알리라는 거예요. 모두 알리면 그들은 결국 오갈 데 없는 신세가 된다는 걸 깨달을 거예요. 결국 저처럼 이용만 당하다가 파문당하고 평생 감옥에서 썩을 운명이 된다는 것을……. 그렇다면 제 말을 듣지 않을 수 없을 거예요."

"과연……."

"밖으로 연락할 방법이 있나요?"

사녹은 고개를 여러 번 끄덕였다.

"지금 낙안청검은 주화입마가 상당히 진행되어 곤욕을 치루는 중이다. 하도 닦달하고 협박하는지라, 열흘에 한 번씩은 혈단을 받아가고 있다. 그걸 이용하여 거짓말을 잘하면, 밖으로 나갈 수는 있을 것이다."

"좋아요. 그럼 밖으로 나가게 되면 묵뇌란 이름을 가진 매화검수를 찾아요. 아니, 그를 꼭 만나야 한다고 낙안청검에게 말해요. 자하마공의 상태를 보기 위함이라 둘러대면 되겠지요. 그리고 그에게 모든 사실을 전해요."

"왜 하필 그자이냐?"

"지금 상황에선… 그를 가장 신뢰할 수 있어요."

나지오의 눈빛에는 확신에 찬 희망이 가득하여 사녹은 그의 말대로 할 수밖에 없었다.

제육십사장(第六十四章)

낙양과 화산의 거리는 대략 칠백 리(里).

범인의 걸음으론 보름 정도가 걸리며, 마음만 먹는다면 칠일 내에 당도할 수 있다. 무림인이라면 오 일 안에도 가능하고, 말을 바꿔가며 탄다면 삼 일이면 가능하다.

그런 길을 한 달째 걷고 있는데, 이제 막 반을 넘었다. 나지오와 그를 옆에서 수행하는 매화마검수, 그리고 피월려. 이들의 행보는 굼벵이처럼 느렸다. 그들의 중심인 나지오가 갈 생각이 없는 것처럼 움직였기 때문이다. 매일 밤 술자리를 만들고, 다음 날 정오에 일어나서 천천히 걷다가 해가 지면 다시 객잔에 머무르니 하루 중 걷는 시간은 세 시진이 채 안될 때가 많았다.

게다가 직로로 걷지도 않았다. 중간중간 사찰에 들르기도 하고, 하루쯤 그냥 쉬기도 하고, 때로는 유명한 유적을 구경하기도 했다. 무림인의 삶으로만 일생을 보낸 그들은 하루만 걸어도 닿는 그 유적들에 갈 일이 없다 보니, 하남성에 이렇게 많은 유적지가 있는지 처음 알게 되었다.

나지오는 이 세상에 서두를 일이 없는 것 같아 보였다. 수명이 백 살을 거뜬히 넘는 입신의 경지에 오르니 그럴 만도 하다. 피월려도 좋게 받아들이기로 했다. 쉴 틈 없이 달려왔던 지난 일 년의 노고를 푸는 잠깐의 휴식을 취하는 것이라 생각했다. 하지만 날이 지날수록 새벽마다 나지오의 옛이야기와 푸념을 들어야 하는 고통이 늘어났다. 오히려 전장에 나가고 싶다는 마음이 들 정도였다.

피월려가 조금이라도 거부하는 날이면, 나지오는 그의 목숨을 가지고 협박했다. 나지오는 음양폭마검공으로 음양의 기운을 다룰 줄 알며, 입신의 경지에 오른 신화경의 고수이기 때문에, 피월려의 머리 위에 손을 얹는 것만으로도 그의 내공을 통제하여 음양의 균형을 맞춰줄 수 있었다. 진설린이 지부에 남았기 때문에 피월려는 오로지 나지오에게 의존하여 극양혈마공의 마기를 처리할 수밖에 없었으니, 나지오의 협박은 꽤나 현실적인 것이었다. 혹시 몰라 혈적현에게 부탁하여 얻은 단환은 총 십 일 치밖에 되지 않았고 또한 그것은 임시방편에 지나지 않으니, 피월려는 나지오와의 술자리를 절대로 피할 수 없었다.

그렇게 느긋하면서 괴로운 여행길은 낙녕(洛寧)과 화산의 사이에 있는 한 이름 없는 고을에 있는 작은 객잔에서 끝을 맞이했다.

나지오는 귀신을 본 듯한 표정으로 술병을 떨어뜨렸다. 그걸 본 피월려는 나지오의 시선을 따라 문 쪽을 바라보았는데, 그곳에는 화산파의 옷을 입은 한 고운 여성이 서 있었다.

이상하게 낯이 익어 기억을 뒤적거리자, 금방 그녀의 이름을 알 수 있었다.

검봉(劍鳳) 정채린.

혈적현이 암룡 당사기를 죽였던 객잔에서 지혜로운 언변으로 일행을 살린 그 여인이었다. 혈적현이 그녀를 보고 화산파의 부활을 어림짐작했을 정도로 그녀를 높이 샀다.

"지, 지영?"

나지오가 말끝을 흐리며 자리에서 벌떡 일어났다. 그러나 정채린은 눈을 찌푸리며 말했다.

"제 어머니를 기억하시는군요."

"어머니?"

"제 어머니의 성함입니다."

"……"

나지오는 주저앉으며, 얼빠진 표정으로 묵뇌를 보았다. 묵뇌는 이를 악물고는 바들바들 떨고 있었다.

"가, 간사한 놈들……."

그 말에 정채린이 콧방귀를 뀌었다.

"극악무도한 천마신교 마인의 입에서 그런 말이 나올 줄은 몰랐군요. 그리고 간사한 술책은 그쪽에서 먼저 쓴 것으로 알고 있어요."

피월려는 즉시 상황을 이해했다. 검봉 정채린이 나지영의 딸이라는 것을.

만약 검봉 정채린의 어머니가 지금까지 지겹게 들은 나지오의 여동생, 나지영이라면 그녀는 나지오의 질녀(姪女)가 된다. 화산파에서 나지오에게 전령(傳令)을 보낸다면 그녀만큼 안성맞춤인 사람이 없다.

피월려는 옆자리의 의자에 손짓하며 말했다.

"앉으시오. 그리고 모든 건 내게 말씀하시면 되오. 나 선배께서는 모르는 일이오."

나지오는 피월려에게 버럭 소리를 질렀다.

"뭐? 뭐야?"

피월려는 조용히 말했다.

"일단, 말이나 들어보도록 합시다. 자, 앉으시오."

검봉은 고개를 저었다.

"마인과 합석할 수 없어요. 여기 서서 말하죠."

"왜? 물과 음식에 독이라도 탔을 거 같소?"

"간악한 천마신교의 마인이라면 능히 그럴 수 있어요."

"그래서 화산파에서는 검봉을 보낸 거군. 우리가 간악한 마인이라. 큭큭큭. 화산파 같은 거대문파에서 죽음이 두려워 이런 어린 소녀를 전령으로 보내다니 뜻밖이오."

정채린은 나지오를 한번 힐끗 보더니 말을 이었다.

"사문에서 결정한 것이 아니에요. 제가 먼저 자원했어요. 사문의 형제자매를 죽음으로 내모는 것보다는 제가 스스로 이 자리에 오는 것이 더 타당하죠."

"소저라고 죽지 않을 보장은 없소."

"그렇다면 죽이세요. 천마신교의 마인은 자기의 질녀조차도 죽일 수 있는 악인이라는 것이 만천하에 알려지겠지요."

그녀는 나지오가 자기의 외백부(外伯父)임을 이미 아는 듯했다. 하지만 그 사실을 완전히 받아들이지는 못했는지, 거듭 나지오를 곁눈질로 보았다. 나지오는 의미 모를 눈빛으로 정채린을 바라보고 있었다.

피월려가 말했다.

"화산파의 입장을 말하시오."

"이미 섬서성에는 화산파의 장문인과 천마신교의 부교주가 자존심을 내건 생사혈전을 벌인다고 소문이 파다해요. 섬서성의 무인들뿐만 아니라 범인들까지도 그 대전을 관람하고자, 거금을 들이는 상황이죠. 이런 상황에서 화산파에서 거절할 수는 없어요."

"뭐, 예상했던 대로군. 시일은 언제로 정하셨소?"

"앞으로 보름 뒤, 서안."

"그거 역시도 예상했던 대로군."

"……."

"확정된 사항을 이렇게 직접 와서 알려주어 고맙소. 서찰로 보내도 될 걸 이렇게 굳이 소저를 보낸 걸 보니, 다른 마음이 있는 듯하지만 말이오."

피월려는 고개를 돌려 나지오를 보았다. 나지오의 눈빛은 낮게 가라앉아 있어, 그 의중을 파악하기가 어려웠다. 아마 속으로는 큰 충격을 받았을지 모를 일이지만, 적어도 겉으로는 부동심을 되찾은 것 같았다.

그런 그와 시선을 마주 보고 있던 정채린이 이내 피월려에게 눈길을 돌렸다.

"한 가지만 묻겠어요. 종남파는 어떻게 움직인 것이죠? 소문에 의하면 이미 서안에 거대한 비무장을 만들고 있더군요. 겉으로는 화산파에 협조하는 것 같지만, 속내가 다른 것이 분명해요."

피월려는 어깨를 들썩였다.

"이 세상의 모든 건 이해관계에 의해서 돌아가는 법이오. 천마신교라는 거대한 단체 내부에서도 얼마나 다양한 이해관계가 서로 맞물리는 줄 아시오? 그러니 각각 특색이 다른 구파일방의 내부라라면 말할 것도 없지 않겠소?"

"……."

"화산파는 지난 매화검수 사건으로 인해 섬서성의 패권을 종남파에게 내주게 되었소. 그런 화산파가 다시 살아나고 있다면 종남파에서는 당연히 경계할 만하지. 그러니 이번 생사혈전으로 인해서 화산파 장문인이 천마신교의 부교주에게 죽는다면 화산파는 다시 몰락의 길을 걸을 것이고, 이는 종남파에선 반길 만한 일 아니겠소?"

"그건 장문인께서 패배한다는 전제 조건이 필요하죠. 만약 장문인께서 승리하신다면 그 공로를 인정받아 오히려 다시 패권을 쟁취하는 데 크나큰 힘이 될 것이에요. 종남파에서 그런 도박을 했다 믿을 수 없어요."

"그렇다면 소저의 말대로, 종남파에서는 본 교의 부교주님께서 승리하신다는 것에 꽤나 확신하는 것이겠지."

"무슨 뜻이죠?"

"말 그대로의 의미이오. 무슨 이유인지는 내가 알 수 없지만, 종남파에서는 본 교가 승리할 것이라 생각하는 것이 분명하오."

"……"

"현명한 소저라면 이해할 수 있으리라 믿소."

정채린은 잠시 말이 없었다. 그녀는 깊은 눈빛으로 바닥을 보며 생각에 잠겼는데, 나지오는 그 눈빛에서 두 여인의 눈을 볼 수 있었다.

여동생의 눈.

어머니의 눈.

나지오는 겨우 정채린에게서 눈길을 돌려 묵뇌를 보았다.

묵뇌는 차마 나지오를 마주 보지 못하고 고개를 떨궜다.

정채린은 곧 생각을 마치고 피월려에게 말했다.

"이 사실을 제게 상기시켜 주는 속셈이 뭐죠?"

피월려는 비아냥거리듯 말했다.

"내가 존경하는 부교주님의 질녀라 마음이 흔들려 알려준 것뿐이오. 다른 속셈은 없소."

피월려의 표정은 지나가는 개가 봐도 다른 속셈이 있는 것이 분명한 표정이다.

정채린은 화가 난 듯 나지 않은 미묘한 표정으로 말했다.

"우리… 구면이죠? 분명 저번에 그 무영비주와 함께 있었던 걸로 기억하는데."

"내 얼굴을 기억하다니 황송하군."

"무영비주가 천마신교의 일원일 줄이야. 뜻밖이군요."

"……"

피월려는 아차 하는 표정을 지었다. 그리고 그 표정을 보고 정채린은 확신했다. 그녀는 몸을 돌려 밖으로 나가면서 중얼 거렸다.

"아주 수확이 없는 만남은 아니군요. 그럼 서안에서 뵈어 요."

"잠깐."

타인과 말을 거의 섞는 법이 없던 묵뇌가 그녀를 불렀다. 정채린은 멈춰 서서 그를 보았다.

묵뇌는 숨을 몇 번 내쉬더니 나지막한 목소리로 물었다.

"어머니는… 건강하시더냐?"

"제 질문부터 대답해 주세요. 그럼 대답하죠."

"네 질문이 뭐냐?"

"당신이 어머니의 정인이셨나요? 제 어머니의 정인은 어머니 께서 절 임신하셨을 때에, 화산파에서 도망쳐 천마신교에 입 교했다 들었어요. 그런 질문을 제게 하는 걸 보면, 당신이 그 분이신 것 같은데……"

"……"

"대답이 없으시다면 저도 하지 않겠어요."

그녀가 떠나가려 하자 묵뇌가 큰 소리로 외쳤다.

"맞다. 화산파를 떠나기 전, 네 어미와 나는 미래를 약속한 사이였다. 그러니 네 말이 맞다면, 난 네 친아버지일 것이다."

그녀는 냉소를 짓더니 차갑게 웃었다.

"아버지라……. 호호호. 제게 아버지는 향검 정충, 한 분밖에 없어요."

"……."

"그래도 대답은 해주셨으니, 어머니에 대해서 알려는 드리죠. 제 어머니께서는 저를 낳으시고 삼 일 만에 돌아가셨어요. 연인에게 버림받고 홀로 아이를 낳으셨으니, 그 고난을 이길 수 없었던 것이지요."

"그, 그런……."

"아비도 어미도 잃은 저를 장문인께서 돌보아주셨죠. 딸을 버린 사람은 스스로를 아버지라 부를 자격이 없어요."

그녀는 그 말을 남기고 떠났고, 묵뇌는 아무런 말도 할 수 없었다.

침묵이 객잔에 휩싸였다.

일각 정도가 지났을까? 이를 가장 먼저 깬 것은 피월려였다.

"여동생이 죽었다는 사실을 지금까지 몰랐던 것이오?"

나지오의 풀린 눈은 좀처럼 초점을 찾지 못했다.

"응. 몰랐지."

"어떻게……."

"알려 하지 않았으니까. 의도적으로. 그런데 딸이 있었다니. 그것도 검봉이라……. 참! 하늘도 고약하시군. 묵뇌. 너도 이쪽으로 와서 마셔라. 혼전에 지영이를 임신시켰으니, 목을 베도 모자라지만 이렇게라도 지영이의 핏줄을 볼 수 있었으니 용서하마, 개자식아."

"……."

피월려가 묻고 싶었던 건 어떻게 그리 초연할 수 있느냐였다. 그러나 나지오는 어떻게 여동생의 소식을 몰랐냐고 물을 것이라 어림짐작한 듯이 대답했다. 나지오는 스스로 깨닫지 못할 정도로 여동생의 죽음에 초연했다.

나지오가 물었다.

"너! 조용히 돌아다니는 줄 알았더니, 도대체 뒤로 나도 모르게 뭔 일을 한 거냐? 생사혈전? 장문인하고? 그게 다 뭔 소리야?"

피월려는 나지오가 의도적으로 대화 주제를 돌렸다 생각했다. 그는 술병을 들어 술을 마셨다.

"전에 내가 용인술이 부족하다는 말을 많이 들어서, 이번에 한번 부하들에게 일을 맡겨보았소. 지금까지의 상황으로 봤을 때는 일이 꽤 잘 돌아간 듯하오만."

"일대원들한테 명을 내린다더니만, 설마 진짜 내 일에 관한 건 줄은 몰랐네."

피월려는 방긋 웃었다.

"나 선배의 일과는 상관없는 것이오. 단지 섬서성에 천마신교의 영향력을 넓히고자 했을 뿐이오."

"너……."

"그 와중에 나 선배의 일이 겹치게 되어서 어쩔 수 없이 그런 것이오."

나지오는 얼이 빠진 표정으로 한참을 피월려를 보다가, 곧 고개를 도리도리 흔들었다.

"참나. 박 장로 아래 있더니 점점 닮아가는구나."

피월려는 불쾌감을 온몸으로 표출하며 말했다.

"내가 정말로 지부장님과 닮았소?"

"왜? 나만 그런 소리를 하는 게 아니지?"

"……."

"킥킥킥. 그냥 하는 소리니까, 너무 신경 쓰지 마."

나지오는 술을 몇 번 더 들이키더니 말을 이었다.

"하여간 말해두겠는데, 이젠 내 일에서 빠져."

피월려는 태연하게 대답했다.

"빠진 지 오래이오. 제일대는 이미 임무를 마치고 모두 철수하고 있을 것이오."

"참나."

"나 선배께서 별로 좋아하지 않으시리라 생각해서, 비밀로 한 것이오. 기분이 상하셨다면 죄송하게 되었소."

"상하긴 상했지. 내 계획이 망쳐졌으니까."

"죽으러 가는 계획 말이오?"

"……"

나지오의 몸이 굳었다.

피월려는 차분한 눈빛으로 그를 보며 말을 이었다.

"나 선배 보면 꼭 죽으러 가는 사람 같아서 하는 말이오."

"그래. 죽으려고 했다. 됐냐?"

"죽지 마시오."

"그건 내가 결정할 문제야."

피월려는 한숨을 내쉬고는 말했다.

"입신에 오르니 기분이 어떻소? 내 참 궁금하여 묻지 않을 수 없소."

"왜? 오르고 싶어?"

"지금까지 총 세 명의 입신의 고수를 보았소. 평생 한 명도 볼까 말까 한 입신의 고수를 이 나이에 세 명이나 봤다는 건 정말 천운이 아닐 수 없소. 기연이라면 이런 기연이 없었을 것이오. 그런데 말이오……."

"응?"

"세 명 다 죽은 사람을 마주하는 기분이 들었소."

"나도 포함해서?"

"그렇소. 눈빛이나 얼굴색은 청량하기 그지없으나, 그 앞에 마주하고 있으면 마치 시체와 말을 하는 것 같소. 그나마 인간 냄새가 났던 게 검선이었는데, 그 또한 괴기한 질문이나 해 대질 않나……"

"무슨 질문?"

"천마신교가 좋은 곳인가 나쁜 곳인가. 그런 질문만 하였소."

나지오는 씩 웃었다.

"역시 그놈도 미친놈이구만."

"……"

피월려의 침묵에 나지오가 먼 산을 보듯, 초점을 흐리며 말했다.

"조화경이란 소우주와 대우주의 소통이 이뤄지고, 그 흐름에 걸림돌이 존재하지 않게 되는 거야. 그러다 보니, 자아가 희석되고 투명해지지. 그 어떤 감정에도 흔들리지 않는 마음을 얻고, 그 어떤 생각에도 변하지 않는 정신을 얻게 돼. 그러니 네 말대로 시체와 다름없지."

"인성을 잃어버리니 입신(入神)이라 하는 것 아니겠소."

"맞아. 정확하네. 하지만 그래도 갓 신이 된 터라, 과거의 잔

재가 남아 있게 돼. 추억이나 기억은 사라지지 않으니까. 그런데 몸이 살아 있는 한, 내 정체성을 유지하려 하니 그런 것들에 집착하게 되지. 집착(執着). 딱 그거야."

"나 선배의 집착은 무엇이오?"

"사죄(謝罪)."

"사죄라면……."

"내 이야기가 그리 지루했어? 아무리 지루했어도 진짜로 안 들었다니."

"뜻밖이라 그렇소. 이야기를 듣지 않은 건 아니오."

나지오는 나지막하게 말했다.

"동생에 대한 사죄야. 오라비로서……. 여동생에 대한 사죄."

*   *   *

"몸의 회복도 내 예상보다 빠르구나. 역시 절정에 올랐기에 일주천을 완성해서 그런지, 단전이 망가졌어도 그에 따른 연쇄 작용은 일어나지 않은 것 같다."

"그러면 뭐 해요? 다시 무공을 익혀야 하는데."

"나와 같이 본 교로 가서 마단을 먹고 진정한 역혈지체를 이루면 빠른 시일 내에 절정에 오를 수 있을 것이다. 깨달음이 내공을 따라오지 못하는 게 마공이다. 한번 걸었던 길이니, 체력만 있으면 걷는 데 문제가 없을 터. 처음부터 자하마공으로 마기를 모으기만 하면 다시 절정에 이르는 데 큰 어려움은 없을 것이다."

나지오는 찌릿찌릿한 뱃속을 쓰다듬으며 말했다.

"밖에서 묵뇌 놈은 만나봤어요?"

사녹은 고개를 끄덕였다.

"만났다. 나를 바로 믿지는 못했지만, 네가 말하던 상황에 처한 것은 분명한 것 같았다. 서서히 마기가 주체할 수 없을 정도로 커져 화산파 장로 중 누구라도 충분히 눈치챌 수 있을 만한 상황이 곧 닥칠 것이야."

"낙안청검은요?"

"그놈도 마찬가지다. 내가 혈단을 내주지 않는다면 진작 마성에 젖었을 것이야. 이미 주화입마가 상당수 진행되어, 당장에라도 미칠 기세지만. 그래도 화산파의 청결한 기운 때문에 그나마 버티고 있는 것이라 할 수 있겠지."

"낙안봉의 이대제자들은 모두 자하혼신공을 익혔어요. 그러니 그들 모두 저와 같은 길을 걷게 될 것이에요."

사녹은 나지오의 눈치를 슬쩍 보다 이내 털어놓듯 말했다.

"나를 원망하진 않느냐?"

"내가요?"

"자하마공을 만든 것도 나고 그것을 낙안청검에게 알려 준 것도 나다. 너에게 자하마공을 가르친 것도 나이고. 결국 이 모든 일이 나 때문에 일어났다고 생각해도 과언이 아닐 텐데?"

나지오는 고개를 저었다.

"이 모든 일의 이유는 낙안청검. 그자뿐이에요. 그자가 어르신을 여기 가두고 마공을 빼내려 한 것까지 생각한다면, 그 자가 모든 일의 원흉. 주화입마에 빠졌다면 그거야말로 자업자득이죠."

일 년 정도가 지나 나지오와 사녹이 할 일이 없어 자하마 공을 다시금 연구하여 재구성하고 있을 때쯤, 묵뇌가 대악지옥에 들이닥쳤다. 선혈이 가득 젖은 옷을 입은 그의 눈빛은 이미 마성이 가득하여 누가 보아도 마인임을 알 수 있었다.

쾅! 콰쾅!

그는 검을 휘둘러 나지오와 사녹을 가두고 있는 종유석을 모두 부쉈다. 그리고 나지오 앞에 부복하며 말을 꺼냈다.

"살려주십시오."

"뭐?"

"저와 제 동문들을… 살려주십시오. 간곡히 부탁드립니다."

"무슨 말이야, 갑자기"

"잠시 밖으로……."

묵뇌는 동굴 밖으로 나갔고, 나지오는 사녹을 등 뒤에 엎고 밖으로 따라 나갔다.

그곳에는 처참한 몰골을 하고 있는 매화검수 삼십 명이 부복하고 있었다. 모두 낙안봉의 제자들로 마기가 온몸에서 새어 나오고 있었다. 매화검수의 옷을 입고 매화검수의 검을 차고 있었으나, 누가 봐도 마인으로밖에 볼 수 없었다.

"자초지종을 설명해 봐."

묵뇌는 속에서 치미는 감정을 억누르며 말했다.

"스승님께서… 폭주하셨습니다."

"그래서?"

묵뇌가 눈짓하자, 매화검수 중 두 명이 한 사람의 시체를 들고 앞으로 나왔다. 팔이 떨어져 나갔고, 다리도 겨우 몸에 붙어 있는 그 시체는 나지오도 익히 아는 낙안청검이었다.

"어쩔 수 없었습니다."

"그래서?"

"스승님을 죽인 저희들은 더 이상 화산파에 남을 수 없습니다. 또한 스승을 살인하는 천인공노할 악행을 저질러 자하신공의 청명함도 사라져 버려서, 더 이상 마기를 감당할 수 없습니다."

"그래서?"

"화산파에 남으면 저희는 척살입니다. 화산파를 떠난다 하더라도, 마기가 폭주하여 정신을 잃은 채, 악행을 저지르다 죽을 것입니다."

"그래서?"

묵뇌는 피가 날 듯 주먹을 쥐었다.

"옆에 계신 어르신께 마단과 역혈지체에 대해서 들었습니다. 데려가 주십시오. 천마신교에."

나지오는 방긋 웃었다.

"내가 왜?"

"……."

"이런 부탁을 할 줄은 알았는데……. 스승님을 네 손으로 죽일지는 몰랐어. 좋아. 널 데려간다 치자, 그러면 지영이는?"

"옥녀봉에 있습니다. 그녀를 데려오려면, 우리가 화산파를 떠나려 한다는 사실이 발각될 것입니다. 그녀를 되찾자고 동문 삼십 명의 목숨을 걸 순 없습니다."

"킥, 킥킥킥."

"강한 사람입니다. 홀로 잘 살 수 있을 겁니다."

나지오는 비웃음을 숨기지 않으며 그의 뒤에 있는 매화검수 삼십 명을 둘러보았다.

"저놈들은 뭐, 약한 사람이고?"

"저들 중 대부분은 화산파에서 자라 화산파밖에 모릅니다. 천마신교에 들어가지 못한다면, 마공을 익힌 죄로 죽음을 받아들이는 수밖에 없습니다. 부탁드리겠습니다."

"너는?"

"……."

"어차피 이 일과 지영이는 관계가 없어. 너나 나나 지영이에게 돌아갈 필요도, 이유도 없지. 오히려 지영이만 더 의심받을 뿐이야. 천마신교에 입교하면 다시는 지영이를 보지 못할 텐데, 괜찮겠어?"

묵뇌는 말없이 피눈물만을 흘렸다.

"압니다."

"……."

"데려가 주십시오."

어렸을 때의 원한을 생각하면, 그들의 목을 모두 직접 잘라내도 시원찮을 판이다. 그러나 사녹이 나지오에게 그들을 모두 천마신교로 데려가자고 했다. 사녹은 천마신교 전체의 이익을 생각했고, 매화검수가 전부 천마신교로 입교한다면 그만큼 좋은 일이 없었기 때문이다.

하지만 그럼에도 사녹은 최종 결정을 나지오에게 맡겼다. 사녹에게는 나지오가 생명의 은인이고 따라서 나지오가 죽어도 싫다면 그들을 데려가지 않겠다고 선언했다. 사녹은 묵뇌에게 자하혼신공의 비밀을 말해줄 때에 나지오가 최종 결정을 내릴 것이라고도 이미 말해두었기 때문에, 묵뇌도 나지오에게 간청하는 것이다.

나지오는 잠시 고민했지만, 곧 대답했다. 이미 그에 관해 나름대로 생각을 정리한 뒤였기 때문이다.

"좋다. 하지만 한 가지만 약속해라."

"무엇이든."

"네놈들은 어릴 적 나를 개처럼 취급했다. 내가 그 모든 원한을 접고 지금 이 자리에서 네놈들의 목숨을 내가 살렸다는 걸 평생 잊지 마라. 명심해라. 너희는 이제 내 팔과 다리다. 아니, 내 개들이다. 이 약조를 지키지 못하겠다면, 떠나라."

대악지옥 앞에서 싸늘한 침묵이 감돌았다.

＊　　　　＊　　　　＊

"그때, 다 따라왔지. 그리고 그길로 천마신교에 입교했어. 근 한 달간 듣느라 지겨웠을 내 이야기는 그렇게 끝난다."

정채린이 떠난 후, 객잔에서는 또 한 번의 술판이 벌어졌다. 나지오가 술을 따르자, 피월려와 묵뇌가 받았다.

묵뇌는 지금까지 술자리에 같이 자리하지 않았었다. 하지만 오늘은 나지오의 옆에 앉아 묵묵히 술을 받아먹었다. 십 년이 훌쩍 넘는 세월 동안 잊고 살았지만 죽었을 것이라는 생각은 미처 못 했었다. 게다가 설마 아이까지 있으리라고는 상상조차 하지 못했다.

묵뇌는 나지오만큼이나 술을 마시는데, 한 점 흐트러짐이 없는 모습이 참으로 인상적이었다. 그러나 그의 침중한 표정에서 깊은 슬픔이 느껴졌다. 나지오의 태평한 모습과는 너무나 비교됐다.

피월려가 물었다.

"그 이후에는 어떻게 되었소?"

"별거 없어. 구파일방 출신의 장로 한 분을 섬겼지. 자하혼신공이 뭐가 잘못돼도 단단히 잘못된 마공이었는지, 매화검수 전체가 마단을 먹고 역혈지체를 이루다가 내공을 모두 잃어버렸다. 십 년쯤인가? 십 오년쯤인가? 하여간 꽤 오랜 시간 수련하고 또 수련해서 내력을 다시 되찾았지. 스승님의 도움이 없었으면 지금처럼 입신에 오르는 것도 불가능했을 거야."

"낙안청검이 마공을 만드는 재주가 없었나 보오."

"킥킥킥. 지가 만든 마공에 지배돼 죽다니. 그놈의 무욕(武慾)이 뭐라고."

"……"

"다시 다 뜯어고쳤어. 자하혼신공은 물론 자하마공까지도. 스승님께서 십 년 이상 노력하여 서거하실 때까지 다시 보고 또다시 보셨지. 결국 그 결실로 인해 내가 입신에 들어선 것이니 저승에서 만족하시겠군."

"음양현마께서는 극양혈마공도 마지막으로 손보신 분이시니 나에게도 어찌 보면 스승이라 할 수 있겠소. 그러니 내가 나 선배를 선배로 부르는 데 무리가 없지 않소?"

"킥킥킥. 그러네."

한동안 술잔이 오고 갔다. 그 술자리는 그 작은 객잔의 모든 술통을 동내고서야 멈췄다.

시뻘게진 코를 부여잡은 피월려와, 결국 술기운을 못 이기고 아무렇게나 잠든 묵뇌, 그리고 이를 탁한 눈빛으로 찬찬히 흘겨보는 나지오.

그들은 객잔으로 스며드는 청명한 새벽 공기로 조용히 호흡하고 있었다.

"자초지종을 설명해 봐. 어떻게 내가 죽으러 간다는 생각을 한 거야?"

피월려는 졸린 눈을 게슴츠레 떴다.

"지부를 떠나기 전, 난 나 선배께서 죽으려 한다는 걸 눈치챘소."

"귀신이냐? 입신의 고수의 마음까지도 훔쳐보게? 정확히 언제 눈치챘는데?"

"나를 데려간다고 했을 때 말이오."

"그게 왜?"

"나를 해할 이유가 마땅히 있음에도, 행하지 않겠다는 그 말에서 진심을 느꼈기 때문이오."

나지오는 신물주인 피월려를 죽이지 않겠다고 말했었다.

피월려는 자기가 신물주라는 말을 다른 이들이 있는 이곳
에서 말할 수 없기 때문에 그렇게 돌려 말한 것이지만, 나지오
는 피월려의 말을 이해했다.

"그거랑 내가 죽으러 가는 거랑 무슨 상관이야?"

"지부를 떠나기 전부터, 나 선배는 자기의 속 이야기를 했
었소. 좀처럼 자기 얘기를 잘 하지 않는 선배가 그러니 나로서
는 참으로 당혹스러웠소. 그리고 느낀 결론은 나 선배께서 죽
으러 가는 사람과 같다는 것이오. 죽으러 가기에… 그것과 상
관이 없던 것이오. 어차피 죽으니까."

아무리 차기 교주가 될 수 있는 신물이라 하나, 죽어서 그
것이 필요한 사람은 없다. 나지오는 웃었다.

"역시 넌 머리가 좋아."

"처음 그것을 의심한 건 제갈미였소. 그녀는 뛰어난 안목으
로 그 가능성을 의심했고, 나에게 일러주었소. 그래서 알 수
있었던 것이니, 내 머리로 알았다고 할 수 없소."

"대단하네. 명봉이라는 별호가 잘 어울리는군. 좋은 수하
를 두었어."

"이후 계획도 반 이상 그녀가 도와주었소."

"계획이라면, 나랑 향검이랑 일대일 비무(比武)를 말하는

거지?"

"겉으로는 비무지만, 천마신교의 부교주와 화산파의 장문인이 비무를 할 순 없지 않소? 일필살의 생사혈전이 될 것이오."

"그래서? 어차피 죽을 거 화려하게 죽어라……. 그게 네 계획이냐?"

"아니오."

"그럼?"

"어차피 죽을 거, 섬서 무림의 백도세력을 견제하자는 게 내 계획이오."

"……."

"나 선배께서 패배하면 검봉이 말한 대로 화산파의 입지가 높아질 것이오. 또한 매화검수 사건으로 인해 큰 타격을 받았던 화산파가 이제 전성기 때의 힘을 회복했다는 정보가 있소. 그러니 천마신교의 부교주를 상대로 승리한다면 그 기세를 몰아서 본격적으로 종남파를 견제하여 세력을 되찾으려 할 것이오. 둘은 충돌할 것이고, 결과가 어떻게 되든 본 교는 잠시 동안 섬서 무림의 백도세력을 걱정하지 않아도 될 것이오."

나지오는 기가 막힌다는 듯이 외쳤다.

"이거 아주 개자식이네. 인마? 뭐가 어째? 남은 죽겠다는데……."

"그건 나 선배께서 말한 것처럼 나 선배가 결정할 문제이오."

"어쭈? 네 말이 엿 같아서 향검을 죽여야겠다. 개자식아."

"검봉이 홀로 버려졌을 때, 유일하게 그녀를 기른 사람이 향검이오. 진정으로 그를 죽일 것이오? 검봉은 또다시 버려지는 비참한 기분을 느낄 것이오. 그것도 외숙의 손으로."

"……."

"……."

지부를 나선 이후로 지금까지 단 한 번도 나지오의 얼굴에서 떠나지 않았던 웃음기가 완전히 사라졌다. 마치 물이 증발하듯, 그의 표정에서 감정이 증발했고, 인형의 그것만이 그 얼굴에 남았다.

"죽고 싶지 않다면, 혀를 신중히 써라. 피월려."

"부탁 하나 하겠소. 죽으실 때 죽으시더라도, 향검의 팔 하나 정도는 잘라주시오. 화산파는 종남파에 비해 세력의 규모는 작지만, 초절정고수의 숫자가 압도적으로 많소. 한 명이라도 숫자를 줄여야 좋은 그림이 나올 것이오."

나지오는 뚫어지는 눈빛으로 피월려를 바라보다가 이내 황당해하며 혀를 내둘렀다.

"넌 목숨이 아깝지 않냐? 지금 이 상황에 그런 말이 나와? 너, 내가 입신의 참을성이 없었다면 진작 죽었을 거야."

"부탁드리겠소, 나 선배. 입신의 희생정신을 보여주시오."

"……."

"……"

"너 지금 나 놀리냐?"

"아니오."

"미친놈."

"……"

"킥킥킥. 미친놈. 살다 살다 너 같은 놈을 만나다니. 킥킥
킥. 미쳐도 단단히 미친놈. 킥킥킥. 킥킥킥!"

나지오의 웃음에 맞춰 아침 햇살이 객잔을 비췄다.

나지오는 내력을 움직여 술기운을 밖으로 몰아내었다. 피월
려는 그것을 보고 나지오가 다른 이야기를 하고 싶어 한다는
것을 깨닫고는, 그도 극양혈마공을 운행하여 술기운을 태워
버렸다.

순식간에 맨 정신으로 돌아온 나지오가 물었다.

"비무는 어떻게 성사시킨 거야? 화산파에서 그런 도박 수를
감수할 이유가 없었을 텐데."

"소문을 내었소. 서안을 포함하여 섬서성 전체에. 제일대의
임무는 그것밖에 없었소."

"아하. 화산파에 말도 하기 전에?"

"충분히 소문을 내어 군중들의 기대감을 증폭시킨 뒤, 화산
파에 비무장을 건네면 그들도 거부할 수 없다는 계산이었소.
막 세력을 되찾은 화산파의 고수들도 그 힘을 뽐내고 싶어 했

을 것이고, 이번 기회로 인해 기호지세(騎虎之勢)를 유지하려는 판단을 내리리라 믿었소. 즉, 그들 입장에서도 어차피 마다하지 않을 제안이었으니, 소문으로 군중을 먼저 선동하면 확실해지는 것이었소."

"과연. 그런데 검봉이 말한 부분은?"

"종남파 말이오?"

"검봉이 종남파도 네가 움직였다고 말했잖아."

"내가 움직인 것은 아니오. 확실히 내 계획대로 따라오기는 했으나……"

"그게 움직인 거지."

"그들은 내가 예상한 수준보다 훨씬 더 적극적이었소. 그들 스스로의 자율적인 판단에서 그리한 것이오. 이건 내가 생각하지 못한 이유가 더 있다는 뜻이오."

"네가 예상한 수준은 뭔데?"

"일단 비무를 성사시키는 데 최소한 막으려 하진 않을 거란 것이오. 그들도 화산에만 꽁꽁 숨어 있는 화산파의 진면목을 보고 싶어 하지 않겠소? 그렇기에 뒷짐 지고 지켜보고 있으리라 생각했소만, 현재 그들의 움직임은 예상보다 더욱 활발하오. 심지어 자기들이 나서서 서안에 거대한 비무장을 만들고 있으니, 뭔가 더 있는 것이 분명하오."

"그건 네가 말했었잖아. 그들은 화산파가 비무에서 질 거라는 확신을 가진 거겠지."

"그 이유가 뭔지 모르겠소."

"간단한 걸 왜 생각 못 하고 있어? 내가 입신이라는 사실을 아나 보지."

"그랬다면 같은 구파일방인 화산파도 알았어야 하오. 그리고 화산파도 알았다면 비무를 절대 받지 않았을 것이오. 향검이 입신의 고수가 아닌 이상, 비무에서 질 것은 자명하기 때문이오. 그렇다면 혹 향검이 입신에 오른 건 아니겠소?"

"그랬다면 종남파에서 뒤로 물러섰겠지, 지금처럼 적극적으로 나왔겠어? 종남파가 비무하기를 적극적으로 종용한다면, 이는 내가 향검을 이긴다는 확신이 있다는 거야. 그것은 내가 입신의 고수라는 정보와 향검이 입신의 고수가 아니라는 정보, 이 두 가지를 확실히 가지고 있는 것이지. 그리고 거기에 더불어, 화산파는 내가 입신의 고수라는 걸 모르는 거고."

"그것이 어찌 가능하겠소? 종남파는 아는데 화산파는 모른다……. 너무 끼워 맞추기식의 억측 아니오?"

"구파일방의 내부에서도 다양한 이해관계가 있다. 그것도 네가 한 말이야."

"무슨 뜻이오?"

"소림파의 멸문을 잘 생각해 봐. 그건 교주와 검선의 작품이야. 검선은 무당파의 입장에서 생각하여 소림파의 멸문에 찬

성한 거지. 때문에 중원 전체의 기재들이 모두 무당파로 몰리고 있어. 실제로 무당파는 지금 최고의 전성기를 맞이하고 있다. 이번에 잃은 태극진인을 이미 다 보충하고도 남아서 문제라지?"

"그렇다면 이번에도 무당파의 개입이 있었을 거라 보는 것이오?"

"정확히는 검선. 그놈의 입장에서는 섬서 무림의 제일 세력으로 화산파보다는 종남파를 더 선호할 것이야. 항상 하나로 똘똘 뭉친 화산파보다는 세속에 물든 종남파가 더 다루기 쉬울 테니까."

"그렇다면 검선이 나 선배께서 입신의 고수라는 정보를 종남파에만 주었고, 화산파에는 의도적으로 주지 않았다는 말이오?"

"그게 가장 매끄럽게 그려지는 그림인데. 그리고 그 이후도 대충 예상이 가지. 내가 향검을 상대로 승리하고 나면, 종남파에서도 나를 공격할 좋은 구실을 잡은 거야. 화산파의 장문인을 죽였으니까. 아마 비무 즉시 나를 척결하려 할 테고, 성공한다면 종남파는 섬서성을 완전히 장악할 수 있겠지."

피월려는 나지막하게 중얼거렸다.

"어부지리(漁父之利)."

"종남파의 생각은 그거 아니겠어?"

피월려는 기본적으로 나지오의 생각에 동의했지만 더 단단한 확신을 가지기 위해, 억지로라도 반박하려고 생각을 짜내었다.

"검선이 백도무림을 움직여 화산파에 정보를 주지 않았다고 해도, 화산파에서 정말로 모르겠소? 그들도 자체적으로 정보를 받을 수 있을 것 아니오."

나지오는 고개를 돌렸다.

"아니. 원래부터 폐쇄적이어서 외부에 활동하는 정보원이 따로 있지도 않았고, 매화검수 사건 이후 봉문하다시피 하고 힘을 기르는 동안에는 그나마 있었던 정보원들도 다 연결이 끊어졌을 거다."

"흐음. 그렇다면 일단 지금까지의 추측이 맞는다고 가정하고 앞으로의 대책을 세워야 할 것이오."

"대책은 무슨 대책. 어차피 난 죽을 거야."

피월려가 눈썹을 일그러뜨렸다.

"정녕 스스로 생을 마감하겠다는 거요?"

"내 마음이라며?"

"진짜… 애새끼가 따로 없군."

나지오는 갑작스러운 반말에 눈을 동그랗게 떴다. 요즘 들어 피월려가 미친 것이 아닌가 하는 생각이 꽤 자주 든다.

"언제 한번 극양혈마공을 제대로 읽어봐야겠다. 혹 성취 효과 중 하나가 간이 배 밖으로 튀어나온다던가 하는 거냐?"

"애새끼가 아니면 뭐란 말이오? 그런다고 죽은 누이가 돌아
와?"

"참나⋯ 아깐 술기운 때문이라고 생각했더니만. 이제 보니
진짜 마공이 폭주했나 보구나. 미친놈이."

피월려는 나지오를 무시하고는 한숨을 푹 쉬었다.

"하아. 향검의 팔 한쪽 자르는 계획은 안 되겠소. 검선이 은
연중에 종남파를 도운다면, 종남파가 아니라 화산파에 힘을
실어 줘야 한다는 생각이 드오. 그러려면 팔 한쪽 자를 거 없
이 그냥 죽으시오."

"안 그래도 그럴 작정이었는데, 네 말을 들으니까 수틀려서
라도 팔을 잘라야겠다."

"진짜 애요? 하랄 때는 안 하고 하지 말라 할 때는 하려고
하니 갓난애도 그러진 않겠소."

"그래, 애다. 네놈이 보태준 거 있냐? 입신은커녕 절정도 제
대로 못 이룬 놈이 어디서 까불어?"

피월려의 눈빛이 순간 흔들렸다.

"내가 절정도 제대로 못 이뤘다는 거요?"

"이루긴 이뤘는데, 엉성하기 짝이 없어."

"그게 무슨 소리⋯⋯."

피월려가 말을 하려는데, 순간 원설이 그들의 옆에 튀어나

왔다. 원설은 나지오를 향해 포권을 취하더니 바로 말을 꺼냈다.

"지부로부터 소식이 있습니다."

나지오와 피월려가 동시에 그녀를 돌아보자, 그녀가 말을 이었다.

"지부장께서 북 장로님과의 생사혈전을 위해 본부로 향했습니다."

나지오가 말했다.

"올 게 왔군. 시일은 언젠데?"

"하지(夏至)입니다."

"팔 일 정도 남았겠군."

피월려는 나지오를 돌아보며 말했다.

"지부장께서는 항상 명령만 내리고 아무것도 하지 않는 줄 알았소. 하지만 위에서는 위의 일이 있는가 보오. 북 장로와 생사혈전이라니. 해를 당하지 않으셨으면 하오."

"왜? 별로 안 좋아하는 줄 알았는데?"

"어차피 같은 배를 탄 사이이오. 그래도 지부 내에서 나를 지지하는 사람이니, 죽지 않기를 바랄 뿐이오."

"킥킥킥. 그래. 지부장은 겉으로는 차가워도 꽤 괜찮아. 전대 교주 천각님이 실세에서 물러나고 성음청 교주가 교주에 등극하던 격동의 시기에도 끝까지 의리를 지키셨지. 지부장이 아니었다면 천 공자도 지금의 천 공자가 되지 못했을 거야."

그 말을 듣고 원설이 대답했다.

"천 공자의 소식도 있습니다. 천 공자께서 제삼대 천여 명의 인원을 통솔하여 태원이가로 진격한다 합니다."

이건 전혀 예상하지 못한 것이다. 나지오와 피월려는 동시에 외쳤다.

"뭐?"

"낙양지부를 공격했던 세력 중 가장 약세인 태원이가에게 가장 먼저 보복하는 것이라 합니다."

나지오는 말을 더듬었다.

"그거 참⋯⋯. 하긴, 천서휘하면 패기. 패기하면 천서휘지. 스승과 연인을 잃은 슬픔에서 완전히 벗어났나 보군. 그 패기가 흑백대전으로 이어지지만 않았으면 하는데 말이지. 하여간 지부 내에서 입지를 견고히 하려면 너도 노력해야겠어, 피 후배."

"감히 누구도 함부로 내리지 못할 과감한 결정이오. 백도무림의 오대세가 중 하나인 태원이가와 정면 승부라니. 교주님과 장로회에서 이 일을 아실지 모르겠소만. 어찌 됐든, 일단우리 사정부터 걱정하기로 합시다. 고맙소, 원 소저."

원설은 포권을 살포시 취한 후, 모습을 감추었다.

피월려는 이제 나지오를 설득하려 했다. 무슨 계획을 세우기에 앞서 그냥 죽으려는 나지오의 의지를 일단 꺾어야 했기 때문이다. 그래서 말을 꺼내는데, 나지오는 굳은 표정으로 객잔의 대문을 바라보고만 있었다.

"오고 있다."

"누가 말이오?"

"슬슬 너도 느껴질 거다."

그 말이 끝나자마자, 피월려는 강대하면서 부드러운 기운을 먼발치에서 느낄 수 있었다. 이는 전형적인 구파일방의 고수가 내뿜는 기운으로, 초절정이 아니면 뿜을 수 없는 수준의 것이었다.

처음 객잔의 문은 연 것은 다름 아닌 검봉 정채린이었다. 그러나 나지오와 피월려의 눈길은 그녀를 살포시 벗어나 있었다.

검봉의 뒤를 따라, 백발의 노인이 들어섰다.

그는 향검 정충이었다.

*　　　　　*　　　　　*

피월려 일행은 서안에 입성했다.

눈에 보이는 총 인원은 묵뇌를 포함한 다섯의 매화마검수와 나지오, 그리고 피월려밖에 없으니, 무공을 모르는 범인들은 크게 실망하고 각자 집으로 돌아갔다. 호화찬란한 가마에 화려한 깃발을 들고 입성이라도 할 줄 알았는데, 일꾼 하나 없는 초라한 모습으로 나타나니, 기다린 시간이 아깝게 느껴질 정도였다.

그러나 조금이라도 무림에서 생활한 무림인들은 전혀 달랐다. 하남성 일대를 넘어 전 중원에 소문이 파다하게 퍼진 낙성혈신마, 피월려는 그 세대에서 찾아보기 어려울 정도의 실력과 명성을 가지고 있었다. 그런 그가 직접 받들어 수행하는 천마신교의 부교주를 직접 눈으로 보니, 예상보다 더욱 놀랐다.

삼십 정도로밖에 보이지 않는 외모에 길고 붉은 쌍검을 등에 차고, 걸음걸이에서 은은한 마기가 뿜어졌다. 나지오는 일부러 마기를 겉으로 흘렸는데, 무림인만 골라서 마기를 집중시켰기 때문에 웬만한 무림인이 아니고서야 그 기운을 감당하기 어려웠다. 피월려는 유치하기 짝이 없는 짓이라 한마디 했지만, 나지오는 천마신교의 위엄을 위해서 그런 것이라 반박하며 아랑곳하지 않았다.

서안의 가장 큰 객잔에 가려는데, 그 객잔 앞에 이미 연락을 받고 진을 치고 있던 종남파의 인물들이 그들을 기다리고 있었다. 이십여 명이 넘어가는 인원이었는데, 모두 절정급 이상인 듯 보였다.

그중 가장 중앙에서 짙은 눈썹과 험악한 인상을 가진 중년의 남자가 나지오의 마기에 대항하며 말했다.

"태룡마검인가?"

나지오는 그 말을 듣고 눈살을 찌푸렸다.

"그런 별호 가진 적이 없어."

"그럼 무슨 별호를 가지고 있는가?"

"없다니까. 이제 막 입신에 올라서. 그전에는 별로 관심도 받지 못했으니까. 화산파 시절 들었던 별호가 태룡검수였는데, 그걸 이용해서 지은 걸 보니 향검이 지은 별호겠군. 뭐, 썩 나쁘지 않아. 그쪽은 누구지? 태을노군인가?"

"그렇다. 현 종남파를 책임지고 있다."

종남파 장문인, 종남신검(終南神劍) 태을노군.

외모와는 전혀 어울리지 않는 별호와 이름이다.

나지오는 방긋 웃었다.

"이렇게 마중 나왔으리라곤 미처 생각하지 못했어."

"흉악한 마교가 어떤 짓을 저지를지 감시하기 위함이다. 이곳 서안은 종남파의 비호 아래 있는 도시이다. 그러므로 비무시일까지 이 객잔에서 단 한 발자국이라도 나온다면, 즉시 제재할 것이다."

"지금 여기 온 건 그런 호통을 치려는 것뿐만은 아닐 텐데?"

"……."

나지오는 하늘을 흐릴 정도로 강력한 마기를 모아 태을노
군에게 발산했다. 공격적인 의도는 없었고, 단지 마기의 질과
양을 보여준 정도였다. 그러나 그것에도 태을노군은 온몸의
구멍을 통해 스며드는 마기를 막아내기 위해서 내력을 다스려
야 했다.

나지오가 불쑥 말했다.

"이제 됐지? 킥킥킥. 그리고 나도 나올 생각 없으니 걱정 붙
들어 매셔."

태을노군은 눈꼬리를 파르르 떨더니 몸을 돌렸다.

"이대제자들은 이 객잔을 둘러싸고 감시하라."

"예!"

"가자."

태을노군이 앞장서서 걷자, 그 뒤로 장로들과 일대제자들이
따라 걸었다. 그들의 모습이 사라지고, 객잔 안으로 들어서자
피월려가 나지오에게 물었다.

"방금 무슨 일이었소?"

나지오가 싱겁다는 듯 어깨를 들썩였다.

"내 실력을 파악하러 온 거지. 진짜 입신의 고수인지 아닌
지. 그래서 보여줬어."

피월려가 중얼거렸다.

"그런 행동을 보였다면 우리의 추측이 맞는 듯하오."

"그러니까. 내가 조화경이 아니었다면, 이런저런 이유를 대가며 총공격을 했을 거야. 내 실력을 확인했으니, 알아서 향검을 죽여주겠거니 하고 있겠지, 멍청한 놈들."

"세속적이라더니…… . 정말 무늬만 도교문파가 아니오? 살기등등한 그들의 눈빛은 정말로 살인을 저지를 기세였소."

나지오는 뭐가 웃긴지 자꾸만 흘러나오는 웃음을 가까스로 참아내었다.

"이름도 봐봐. 태을노군이라니. 참나, 그런 도명은 화산파에서도 버린 지 오래전인데. 하여간 없는 놈들이 더한다고, 전통성이 없으니 그딴 겉치레에 집착하지."

"확실히…… ."

"올라가서 잠이나 자자. 어차피 며칠만 기다리면 그만이니."

피월려는 나지오를 따라 올라갔다. 그리고 방 안까지 걸어갔다. 그걸 본 나지오가 인상을 팍 쓰며 말했다.

"뭐야? 왜 방까지 졸졸 따라와?"

피월려의 얼굴에는 근심이 가득했다. 그는 나지오의 말을 듣지 못했는지, 그의 할 말만 꺼냈다.

"전에 했던 말 중, 내가 아직 반쪽짜리 절정이라는 말에 대해서 묻고 싶소."

"응?"

"그 이유를 설명해 주실 수 있소?"

나지오는 피월려를 빤히 보다가 이내 침상 위에 털썩 주저 앉았다.

"뭘 진지하게 받아들이고 있어."

"진지할 수밖에 없소."

"지금 그걸 나한테 설명해 달라는 게 무슨 의미인지는 모 르지 않겠지?"

무공 교환.

피월려는 결심했다는 듯 강한 목소리로 말했다.

"조화경의 고수에게 필요한 것이 무엇인지 모르겠으나, 용 안심공은 감히 나 선배에게도 도움이 되리라 믿소. 그 정도로 대단한 심공이오."

"전처럼 아까워하질 않네?"

"충고를 새겨들었소."

나지오는 그에게 앞에 앉으라고 손짓했다.

"일단 여기 앉아봐."

피월려는 급히 그의 앞에 가서 앉았다.

나지오는 잠시 턱을 괴고 고민하더니 곧 터놓듯 말했다.

"입신의 오르는 길은 수만 가지야. 딱 하나로 정해져 있지 않지. 그렇기에 네게 맞는 길이 무엇인지는 네 스스로 알아내 야만 해."

"그건 알고 있소. 내가 묻고 싶은 건, 입신 같은 머나먼 이야기가 아니라 당장 절정에 제대로 오르는……."

"딱히 멀지 않아."

"……."

"별거 없어. 입신. 깨닫고 나니, 너무 허무할 정도로 별거 없지."

나지오의 눈빛은 그의 말 그대로 허무로 가득했다. 피월려는 왠지 말을 이을 수 없었다.

잠시 잠깐의 침묵 후, 나지오가 말을 이었다.

"그냥 참고만 해. 내가 입신에 오른 길을 설명해 줄 테니까."

"알겠소."

"우선 한마디로 말하면, 입신이란 심, 기, 체의 완성이야."

"완성이라면 절정을 말하는 것이오?"

"그래, 절정."

"하지면 절정을 이룩하면 절정고수일 뿐, 입신의 고수는 아니지 않소?"

"절정고수는 셋 중 하나만 이룩한 사람을 뜻하지. 입신의 고수는 이 셋을 모두 절정까지 끌어올린 것이고. 그런 논리로 말하면 초절정도 셋 중 두 개만 절정에 이른 사람이라 말할 수 있어."

"……."

"킥킥킥, 못 믿겠지?"

피월려는 고개를 흔들었다.

"초절정은 절정을 뛰어넘었다는 것이오. 또한 입신의 고수가 단순히 세 가지의 절정이라는 건…… 한 가지 예를 들어 보겠소. 나 선배의 말대로라면, 기의 절정에 도달한 절정고수의 기공이나 입신의 고수의 기공이나 같다는 말 아니오? 단순히 기만 놓고 보면 말이오. 하지만 둘은 완전히 다르오."

"어떻게 다른데?"

"입신의 고수는 내력의 한계가 없고, 자유자재로 사용할 수 있소. 절정고수는 그렇게 하지 못하오."

"아니, 같아. 그 두 차이는 기공의 차이에서 나온 것이 아니라, 체술과 심법의 차이에서 비롯된 거야. 기공 자체에는 차이가 없어. 절정고수나 입신의 고수나, 일주천을 하는 데 막힘이 없지. 단지 육신과 마음의 차이가 있기 때문에, 절정고수는 내력을 무한히 쓸 수 없는 것이야."

"……."

"입신의 고수가 가진 특징이 뭐지? 간단하게 심, 기, 체로 설명하면."

"부동심, 무한한 내력. 그리고 금강불괴. 아니오?"

"부동심보다는 황홀경이라 해야 더 옳지. 그리고 금강불괴 말고도 만독불침이 있잖아?"

"황홀경이라면 어떤 황홀경을 말하는 것이오? 불가에서

는······."

나지오는 손을 들어 막 흔들면서 피월려의 말을 잘랐다.

"너랑 나랑 배경이 너무 다르니, 용어의 정의부터가 잘 안 맞아. 그냥 풀어서 말하자. 내가 뭐 네 스승도 아니고. 추상적으로 가르쳐서 네 스스로 길을 찾게끔 유도할 정도로 내 인내심이 깊지도 않아. 너도 그 정도로 어리지 않고."

"나야 좋소."

"체감 시간을 자유자재로 조절하는 거. 자연으로부터 기를 무한히 끌어다 쓰는 거, 그리고 육신이 최고점에서 고정되는 거. 이렇게지. 심의 완성. 기의 완성. 체의 완성. 딱 나오잖아?"

"그렇다 해도, 어찌 절정고수가 부분적으로 입신의 고수와 같을 수 있소?"

"아 글쎄, 그건 다른 부분이 완전하지 못해서 생기는 부작용이라니까?"

"······."

피월려는 반박하지 않았지만, 전혀 믿지 못하겠다는 표정을 짓고 있었다. 나지오는 차분히 말을 이었다.

"입신의 고수라고 해서 그 세 가지가 항시 유지되는 게 아니야. 체력이라는 게 있고 기력이라는 게 있고 심력이라는 게 있어. 인간의 육신을 입고 있는 한, 한계가 존재한다고."

"그 한계를 뛰어넘은 게 초절정이고 입신이오."

"아니라니까, 글쎄."

"……."

"아, 답답해 미치겠네. 야. 내가 전 황룡검주 진파진이랑 싸우면서 뭘 느꼈게? 그렇게 몇 번이나 죽을 고비를 넘겨가는 와중에도 내 머릿속을 계속 맴돌던 질문이 뭔 줄 알아?"

"무엇이오?"

"진파진이 왜 지칠까? 하는 생각이었어. 그건 너도 봤잖아? 지치는 거. 나 그 생각 때문에 근 한 달은 잠도 못 잤다니까?"

피월려는 기억을 더듬었다. 그가 옆에서 지켜본 진파진은 시간이 지나면서 점차 자신감을 잃어버렸고, 숨을 헐떡였고, 내력을 아끼기 시작했었다.

"확실히……. 그는 시간이 지나면 지날수록 지쳤소. 몸으로나 기로나 마음으로나……."

나지오는 피월려의 말에 갑자기 박수를 짝 하고 치면서 큰 소리로 외쳤다.

"그래! 지쳤어. 왜 지쳤을까? 그 생각 안 해봤어? 입신이라며? 아니, 젊은 몸으로 반로환동까지 한 황룡검주가 지치긴 왜 지쳐?"

"그야 무한한 내력을 갓 소유하여 자신감에 넘쳐 남발한 결과 아니겠소."

"남발했든 안 했든, 지치면 안 되는 거지. 무한인데."

"……."

"지치면 안 되는 거야. 입신이면. 그게 맞는 거고. 그게 알려진 사실이야. 하지만 황룡검주는 지쳤지. 지쳤고, 힘들어했어. 그건 곧 입신의 고수도 체력이 유한하다는 뜻이야. 그리고 하나의 한계가 있다면, 다른 곳에도 한계가 있어. 기력에도! 심력에도!"

"그, 그런."

피월려는 충격적인 논리에 말을 더듬었다. 나지오는 손가락을 펼쳐 들며 설명을 이었다.

"입신이란, 한계를 초월한 게 아니야. 단지 심, 기, 체. 모든 곳에서 절정을 이룩한 것이지. 절정고수란 이 중 하나만 절정에 오른 거고."

"또한 초절정이란……. 두 개만 절정에 오른 것이라 이 말이오?"

"그렇지. 난 초절정을 거치지 않고 입신에 올랐어. 그 이유는 간단해. 본래는 1갑자의 내력을 모아 내력의 손실 없이 일주천에 성공하여 기의 절정에 올랐었지. 그 후, 황룡검주와의 생사혈전으로 나머지 두 가지를 깨달았어. 음양폭마검공을 배우기 위해서 먼저 익힌 이원심법으로 심의 절정을 이룩함과 동시에 검술까지 덩달아 12성 대성하는 바람에 신검합일을 통해서 체의 절정도 이룩했지. 그래서 결과적으로 입신에 들어선 거야."

피월려는 그 말을 듣고 고개를 살짝 끄덕였다. 나지오가 매우 말을 쉽게 하여 충분히 이해할 수 있었기 때문이다. 그런데 한 가지 의문이 드는 점이 있었다.

"그런데 검술의 완성이 왜 체의 절정이 되는 것이오?"

"체(體)라는 건 단순히 몸을 말하는 것이 아니야. 움직임 그 자체를 말하는 것이지. 때문에 체술이라고 하는 것이고. 검술은 검과 함께 하는 체술(體術)이니, 검술의 완성인 신검합일을 이룩하면 체의 완성이 되는 거야."

피월려는 입을 살포시 벌렸다.

"그래서……. 그래서 내가 반쪽짜리 절정이라는 것이오? 검술로 절정을 이룩했는데, 검을 잃어버려서?"

"응. 넌 네가 심법이나 내공으로 절정에 올랐다고 착각할지 모르겠지만, 네가 진정으로 지마에 오른 건 검술 덕분이야. 검술의 완성으로 지마에 이른 것이지. 하지만 네가 완성한 검술은 네 본래의 검이 필수적이지. 따라서 그 검이 없는 넌 지마라 할 수 없어. 용안심공의 탁월한 통찰력과 극양혈마공의 폭주로 인한 막강한 마기로 다른 이의 눈을 속일 순 있겠지만, 내 눈은 못 속이지."

어느 정도 일리가 있었지만 피월려의 의심은 완전히 가시지 않았다. 그는 대장장이의 집에서 처음 검기를 내뿜었던 것을 기억했다.

"내가 지마에 올랐다는 확신을 얻은 이유는 검공의 도움 없이 검기를 뿜을 수 있었기 때문이오. 검술로 지마에 오른 상이 검기라면, 왜 다른 이들은 검술만으로 검기를 내뿜지 못하오? 왜 내력이 받쳐주어야 검기를 내뿜을 수 있소?"

"그건 제대로 된 검기가 아니지. 검공의 틀에 맞춰서 검기를 흉내 낸 것에 불과해. 그러니 그토록 내력의 소모가 극심한 거야. 주소군의 검기를 보고 느낀 거 없어?"

"……."

주소군과의 비무에서는 피월려가 검에 내력을 불어넣을 때, 주소군의 검기는 이미 날아오고 있었다. 또한 검을 내지를 때마다 검기를 쏟기도 했다. 극도로 빠른 기의 운용과 극도로 적은 내공의 손실로, 주소군은 검기를 발경할 수 있었다.

피월려가 말이 없자 나지오가 말을 이었다.

"그놈은 기공으로 지마에 올랐어. 그놈이 이룩한 기의 절정이 어떤 절정인지 잘 알지?"

그를 따라다니는 수식어.

"심즉동……."

"맞아. 하지만 그놈은 체술을 완성하지 못했어. 즉, 검술이 완벽하지 않은 거야. 그러니 자설검공의 틀에서 벗어나지 못하지. 그러니 네 무형검(無形劍)을 보고 충격을 받고는 네 무형검을 배우고자 노력한 것이지. 그가 알고 있던 무형검은 그저 자설검공을 쪼갠 것뿐이었으니까."

"주 형은 자설검공을 12성 대성했다 했소. 그럼에도 검술의 절정에 도달하지 못했다는 것이오?"

"그놈이 자설검공을 12성 대성한 이유는, 진정으로 검술을 깨달았기 때문이 아니라, 막강한 내력으로 그냥 한계를 밀어붙인 거야. 자설검술이 아니라 자설검공이잖아? 즉, 검술 자체보다는 검으로 하는 기공의 운용에 중심을 둔 거야. 그놈이 그것만 깨달았어도 바로 천마였지. 마공을 잃어버린 게 아쉬워. 다시 올라올 수 있었으면 좋으련만."

그는 마공을 모두 잃어버리고 은퇴했다. 그토록 젊은 나이에……

"나 선배와 매화마검수도 다시 배웠으니, 그도 그럴 수 있을 것이오."

나지막한 피월려의 목소리에 나지오는 고개를 흔들었다.

"우린 마성에 젖어 선천지기를 쓰진 않았었어. 그에 반해 그놈은 생명을 모조리 태운 셈이니……. 우리보다 훨씬 어려울 거야. 하여간 그놈 이야기는 넘어가자. 내가 말하고자 하는 건, 검술의 완성 없이는 검기를 자유자재로 구사할 수 없고, 내공의 완성 없이는 검기를 내력의 극심한 소모 없이 쓸 수 없어. 검술로는 질, 내공으로는 양을 충족시켜야 검기를 완벽하게 사용 가능 한 거고, 그 때문에 지마는 천마를 절대 이길 수 없는 거야. 천마급 마인 십중팔구는 체와 기의 완성을 통해서 천마를 이룩한 고수니까."

피월려는 머리가 터질 것 같았다. 그는 수많은 밤을 주소군과 무공의 대한 토론으로 지새웠었다. 그럼에도 항상 미궁 속을 돌 듯, 갈피를 잡을 수 없었는데, 그에 대한 해답이 갑자기 툭 하고 나지오의 입에서 튀어나와 버린 것이다.

피월려가 머리를 부여잡고 한숨을 푹푹 쉬는데, 그걸 본 나지오는 재밌다는 듯 웃었다.

"그런데 더 생각할 게 있어."

피월려는 지쳤다는 듯 읊조렸다.

"여기서 뭘 더 말이오?"

"검기라는 것도 제대로 된 게 아니야. 검기도 다른 것의 미완성일 뿐이지."

"그건 또 무슨 말이오?"

"심! 기! 체! 내가 말했을 텐데. 진정한 검기를 내뿜기 위해서는 기의 완성과 체의 완성이 필요하지. 그런데 그 두 가지가 완성된 검기라고 할지라도, 거긴 심이 없잖아. 그럼 심의 완성도 포함시켰을 때 진정으로 검기가 완성되는 거 아니겠어?"

피월려는 답답한 마음에 소리를 쳤다.

"검기에 마음을 넣는 게 무슨 말이오? 그런 게 세상에 어디 있……."

무언가 피월려의 머리를 내려쳤다.

진파진의 검에서 뿜어지던 황금색의 용이.

주소군의 검에서 뿜어지던 보라색의 눈이.

피월려의 두 눈동자에서 각각 황룡(黃龍)과 자설(紫雪)이 아른거렸다.

나지오는 엷게 웃었다.

"있지, 왜 없어?"

피월려는 동공이 풀린 눈으로 중얼거렸다.

"검강(劍罡)."

나지오가 말했다.

"강기(罡氣)란 기(氣)를 집약(集約)하여 만든 것. 그것을 가능케 하는 건 바로 심(心)! 강한 의지다. 심이 완성될 때, 기는 실재하게 되는 것이야."

피월려의 눈이 스르르 감겼다.

자기도 모르게 가부좌를 펼쳤다.

그러자 그의 몸 주변으로 대기가 요동치더니, 그의 몸이 서서히 바닥에서 떠올랐다.

공중부양(空中浮揚).

그를 올려다보며 나지오가 이럴 줄 알았다는 듯 나지막하게 말했다.

"이래서 부하들도 가르치지 않았건만…. 용안심공을 익힌 너라면 살아남으리라 믿겠다."

공중부양은 치료나 회복을 위한 운기조식과는 차원이 다르다. 이것은 더 위의 깨달음을 갈망하여 무아지경에 이르렀을 때 생기는 현상이다. 즉, 결과에 따라 절정이나 초절정의 벽이 무너지는 등 내공의 가파른 상승이 있을 수 있다.

만약 피월려가 백도의 무공을 익혔다면 더할 나위 없이 좋은 일이다. 그러나 이는 안 그래도 내력의 성장이 빠른 마인에게 있어 치명적으로 작용할 가능성이 농후하다. 전에 주하가 이를 통하여 지마에 이르게 되었을 때도, 그녀는 목숨을 걸었다.

나지오는 고개를 푹 숙이더니 어깨를 떨며 웃었다.

"킥. 킥킥킥. 킥킥킥킥. 킥킥킥."

공중에 떠오른 피월려는 밖의 소리를 듣지 못한다. 그러니 나지오의 웃음 속 그 깊은 곳에 꽁꽁 숨은 슬픔을 읽을 리는 만무했다.

"정충과 일대일 비무를 성사시킨 건 정말 대단해. 날 위해 그런 계획을 짜주다니, 정말 고맙다. 하지만……. 하지만 난 어쩔 수가 없다. 정충의 말을 들을 수밖에 없어. 화산파를… 지영이의 딸이 있는 화산파를… 나는 버릴 순 없다."

나지오는 자리에서 벌떡 일어났다. 그러고는 반경 반 장에 펼쳐두었던 방음막을 제거했다.

"원설."

침중한 목소리에 원설은 즉시 모습을 드러냈다.

"예."

"명한다. 후배 놈의 무아지경이 끝날 때까지 지켜라. 무조건."

"존명."

나지오는 원설을 남겨두고 그 방에서 나갔다.

제육십오장(第六十五章)

체(體).

움직임의 근본을 뜻하며, 이의 공부를 체술(體術)이라 칭한다.

예로는 권술(拳術), 검술(劍術) 등이 있으며, 술(術) 자로 체의 공부임을 표기한다.

기(氣).

힘의 근본을 뜻하며, 이의 공부를 기공(氣功)이라 칭한다.

예로는 마공(魔功), 검공(劍功)등이 있으며, 공(功)자로 기의 공부임을 표기한다.

심(心).

의지의 근본을 뜻하며, 이의 공부를 심법(心法)이라 칭한다.

예로는 검법(劍法), 신법(神法)등이 있으며, 법(法) 자로 심의 공부임을 표기한다.

하나를 완성하면 절정.

둘을 완성하면 초절정.

셋을 완성하면 조화경.

이는 간단명료한 해석이다.

어린아이라도 이해할 수 있을 정도다.

나 선배는 이와 같은 해석으로 조화경에 이르렀다.

뜬구름 잡는 추상적인 이야기는 전혀 없고 하나하나 분석하여 결론을 내리는 형식의 해석.

이런 식의 해석은 극도로 마공적(魔功的)이니, 자하신공이 아니라 자하마공의 해석일 것이다.

이것이 과연 맞는 해석일까?

아니, 애초에 맞는 해석과 잘못된 해석이라는 것이 존재하는가?

나 선배는 전 황룡검주 진파진을 보며 '왜 지치는가'에 대한 의문을 가졌다.

그와 마찬가지로 나는 나 선배를 보며 왜 '반로환동하지 않았는가'에 대한 의문을 가진다.

반로환동.

입신의 명확한 증거가 아닌가?

하지만 나 선배는 입신에 이르렀음에도 반로환동하지 못했다.

그 이유는 무엇인가?

그가 제대로 된 입신에 이르지 못한 것인가?

아니다.

입신에 오르는 길은 수백, 수천, 수만 가지.

나 선배가 오른 입신의 길에는 반로환동이 없던 것뿐이다.

왜 없는가?

나 선배의 이론으로 반로환동을 설명해 보자.

반로환동은 셋 중 무엇의 완성인가?

심의 완성인가?

기의 완성인가?

체의 완성인가?

반로환동이 일어나는 이유는 간단하다. 쌓인 내력이 넘치고, 넘치고, 넘쳐흘러 수명을 관장하는 선천지기에 역류할 정도로 넘쳐서, 결국 줄어든 선천지기를 보충하는 수준까지 이른 것이다.

그래서 수명이 늘어나고, 젊음을 되찾는 것이다.

체의 완성을 나 선배는 몸이 최상의 상태로 고정되는 것이라 했다.

그에 따르면 반로환동은 체의 완성의 일부분이라 할 수 있다.

젊은 것이 최상의 상태이니.

그러나 반로환동의 원리는 기의 원리만으로 설명된다.

나 선배의 이론으로는 기로만 설명되는 것을 체의 완성이라 해석할 수밖에 없다.

모순이다.

그렇기에, 자하마공은 반로환동을 설명할 수 없다.

나 선배가 익힌 자하마공은 최근에 만들어진 마공이다.

아무리 사녹이 똑똑하다고 할지라도 그가 이르지 못했던 입신의 경지의 깨달음까지 자하마공이 담을 수 없었을 것이다.

그래서 나 선배는 반로환동하지 않았다.

아니, 못 했다.

자하마공의 원리.

심, 기, 체의 완성으로 입신을 설명하는 건 매우 쉽고 간단하며 그 길을 매우 쉽게 걸을 수 있다.

그러나 그에 관한 부작용이 없을 순 없다.

반로환동처럼 자하마공으로 설명하지 못하는 현상은 일어나지 않는다.

마공이 괜히 마공이겠는가.

끝에 가면 갈수록 이가 하나씩 하나씩 빠지니, 마공이지.

이럴 줄 알았으면 그냥 정공을 익히는 게 좋았겠다.

뭐, 이미 끝난 이야기지.

차라리 탈교할까?

산에 틀어박혀 금강부동심법이나 익히면서…….

아서라. 피월려야.

집중(集中)! 집중! 집중!

갈(喝)! 갈! 갈!

죽고 싶어 환장했구나.

무아지경 도중 잡념(雜念)이라니.

갈!

갈!

갈!

무엇이었지?

그래, 입신.

심, 기, 체의 완성.

심, 기, 체의 완성.

셋의 완성으로 입신에 이른다.

셋의 완성으로 입신에 이른다.

좋아.

용어를 정리했으니, 이로 나의 상태를 정의해 보자.

나의 체술.

신검합일과 어검술을 동시에 이룩하였지만, 그 대가로 역화검이 없으면 불완전하다.

나의 내공.

극양혈마공으로 극음귀마공에 귀속되었으며, 지속적인 음기의 보충이 없으면 불완전하다.

나의 심법.

용안심법의 제일안(第一眼) 직시(直視)를 넘어 제이안(第二眼) 투시(透視)에 이르렀다.

주소군의 도움이 아니었다면 불가능했겠지.

마공을 잃어 상심이 클 텐데, 과연 잘해낼 수 있을지.

흑설의 스승이 되었다던데, 둘은 잘 지내고 있을……

갈! 집중!

갈! 집중!

체술부터 정리하자.

어찌 이룩했는가?

신검합일은 나와 검이 하나가 된다는 것.

어검술은 내가 검을 완전히 지배한다는 것.

이 둘을 한 번에 충족하기 위한 조건으로는 나를 완전히 지배한다는 것이다.

그리고 그것은 용안심공을 통해서 가능하게 되었다.

용안심공은 심법이지 체술이 아니다.

그런데 내가 이룩한 체술의 절정은 용안심공의 도움을 받는다.

즉, 나 선배의 논리로는 내가 오른 체술의 절정을 설명할 수 없다.

내공은 어떠한가?

극양혈마공은 항시 용안심공의 영향을 받는다.

야생마와 같은 극양혈마공을 용안심공으로 다스리며 정신을 보호하기에, 범인은 익힐 수 없는 수준으로 불안정한 극양혈마공을 지금까지 잘 익혀온 것이다.

그러니 이 또한 용안심공 없이 설명이 불가능하다.

애초에 내공도 사십 년밖에 없어, 1갑자에는 못 미치니 기의 절정은 말할 것도 없다.

심법은 어떠한가?

이 또한 완성하지 못하였다.

용안심공은 총 삼단계로 아직 제이안에 머물고 있으니 절정이라 할 수 없다.

그러니 이 또한 나 선배의 논리로 무언가 논하기가 어렵다.

따라서 나 선배가 준 깨달음을 나에게 적용시킬 수 없다.

개 같군.

뭐라도 될 줄 알았는데.

이대로 놓치는 건가?

깨어날까?

자하마공의 구결을 그냥 물어봐야 하나?

답이 없나?

다시 생각해 보자.

심, 기, 체.

나 선배의 논리가 아닌 다른 논리는 없었는가?

있었다.

주소군의 해석.

그가 흑설에게 뭐라고 가르쳤었나?

"체란 음식을 기반으로 힘을 생성하고, 기란 공기를 기반으로 힘을 생성한다고 했지. 그러면 심은… 의지를 기반으로 힘을 생성한다고 보면 되겠구나."

그는 심, 기, 체를 힘을 생성하는 방법이라 설명했다.

그리고 힘을 사용하는 건 중(重), 쾌(快), 환(幻)으로 말했었지.

"중이란 얼마나 강한가. 쾌란 얼마나 빠른가. 환이란 얼마나 정확한가."

심, 기, 체.

세 가지의 단어로 모든 것을 표현하려는 자하마공의 해석보다는 한층 더 깊이가 있다.

그렇다면 중쾌환을 심기체로 어떻게 설명할 수 있는가?

중(重).

체로 설명하자면, 무게가 무거운 것.

기로 설명하자면, 내력이 가득 담긴 것.

심으로 설명하자면, 의지가 강력한 것.

쾌(快).

체로 설명하자면, 변속이 빠른 것.

기로 설명하자면, 내력의 움직임이 빠른 것.

심으로 설명하자면, 눈치가 빠른 것.

환(幻).

체로 설명하자면, 많은 것.

기로 설명하자면, 화려한 것.

심으로 설명하자면, 속이는 것.

중과 쾌의 해석은 주소군의 것과 동일하다.

그러나 환은 조금 다르다.

주소군은 그것을 정확성으로 표현했지만, 내 생각에는 다양성이다.

다른 각도로도 보자.

심기체를 중쾌환으로는 어떻게 해석할 수 있는가?

체(體).

중으로 설명하면 몸무게다.

쾌로 설명하면 민첩함이다.

환으로 설명하면 유연성이다.

기(氣).

중으로 설명하면 절대량이다.

쾌로 설명하면 흐름이다.

환으로 설명하면…….

심(心).

중으로 설명하면 의지력이다.

쾌로 설명하면…….

헛짓이군.

말만 달라질 뿐 어차피 똑같지 않은가?

이대로라면 용어만 많아지고 복잡하기만 하다.

늘릴 게 아니라 오히려 줄여보자.

심. 기. 체. 중. 쾌. 환.

이 모든 걸 한 번에 말하는 건 없는가?

태극?

음양?

아니다.

주소군은 힘을 모으는 것과 힘을 사용하는 것으로 표현했다.

모으는 것.

내뿜는 것.

내(內).

외(外).

내공(內功)과 외공(外功).

너무 간단하여 허탈하다.

심기체나 중쾌환은 열여덟 가지임에 반해서 내외는 두 가지다.

이는 하나를 놓치고 있는 것 아닌가?

내공과 외공의 관점으로 나를 보자.

나의 외공은 무형검.

이는 용안심공의 도움이 없다면 불가능하다.

나의 내공은 극양혈마공.

이 또한 용안심공의 도움이 없다면 불가능하다.

용안심공은 심공으로 내공이 아닌가?

그 편견이 잘못된 것이다.

내공이 있고 외공이 있고, 이를 이어주는 것이야말로 심공.

마음이야말로 안과 밖을 이어주는 것.

용어를 버리자.

심이니 기니 체니…….

중이니 쾌니 환이니…….

다 쓸모없다.

힘을 모으는 것.

힘을 내뿜는 것.

그리고 그 중심에 있는 마음.

이것이야말로 진정한 해석이 아니겠는가?

백도에서도 내공과 외공을 가르치기에 앞서 마음을 가르치는 이유가 무엇이겠는가?

내공과 외공의 기반이 마음에 있기 때문이 아닌가?

만약 아니라 할지라도 적어도 나의 무(武)는 그렇다.

검술도 내공도 용안심공을 기반으로 하고 있다.

그러니 중심인 용안심공의 발전 없이는 다른 곳의 발전도 없다.

용안심공의 완성인 제삼안에 오르지 못했으니, 다른 곳에서도 더 이상 오를 수 없다.

다른 걸 생각하지 말고, 용안심공이나 완성하자. 그것이야말로 발전하는 길이다.

용안심공은 무엇인가?

제일안 직시.

절대적인 객관성으로 본다.

제이안 투시.

보이지 않는 속을 꿰뚫어 본다.

제삼안 심시(心視).

마음으로 본다.

어찌 가능한가?

현재의 모든 것을 보는 투시까지는 황홀경으로 가능해진다.

생각의 속도를 가속하여 찰나를 셀 수만 있다면, 감각으로 스며드는 모든 정보를 깨달을 수 있다.

오감이 모여 육감을 이루는 것이다.

이를 용안이라 부르는 것.

때문에 용안심공이라.

황홀경이라.

다른 해석은 없는가?

나 선배는 황홀경과 부동심이 같은 것이라 했다.

어찌 그러한가?

황홀경은 찰나를 셀 정도로 하나도 놓치지 않고 모든 것을 느끼는 것이고, 부동심은 정신이 외부로부터 절대적인 보호받는 것이다.

외부의 모든 것을 받는 것과 외부의 그 어떤 것도 받지 않는 것이 같은 것이라?

모순이다.

그러나 용안심공으로 황홀경을, 그리고 금강부동심법으로 부동심의 일부를 얻었다.

어찌 모순된 두 가지를 동시에 품는가.

황홀경과 부동심은 어찌 같은가?

꿈과 같던 이면의 세계.

그곳에서 무형검의 극에 도달했을 때에 용안심공 또한 발전했었다.

황홀경에 이르러 지독히도 긴 시간.

나는 울었었다.

눈물이 흐르고 흘러, 그 무한히 넓은 바닥에 차오를 동안 눈물을 흘렸다.

그리고 그렇게 슬픔은 사라졌다.

기억조차 하지 못했다.

시간이 지나면 감정이 옅어지는 건 당연한 것.

그 격한 감정이 모두 사라졌다.

그러니 부동심과 같다.

황홀경.

영겁의 시간에 존재하는 모든 감정은 결국 모두 무가 된다.

황홀경 속에선 어떠한 감정도 살아남질 못한다.

외부의 모든 것을 받아들임으로 인해 자아가 희석된다 한들 문제없다.

부동심으로 자아는 완벽히 보호될 터이니.

용안심공의 마지막 구절.

심시무한(心是無限) 접수일체(接受一切).

영겁호심(永劫護心) 예관미래(豫觀未來).

마음은 무한하니 모든 것을 받아들여라.

영겁은 마음을 보호하니, 미래조차 보이리라.

과연… 그런 뜻이었나?

비밀이 풀리니 생각이 하얗게 변한다.

그러니 주변이 하얗게 변했다.

"앞으로 어찌하실 생각이세요?"

주하가 물었다.

"결정을 내려야 합니다."

주소군도 거들었다.

"더 이상 시간이 없어요."

혹설도 재촉했다.

피월려는 옥소를 들었다.

"물러가."

모두 침묵할 뿐, 그 누구도 물러가지 않았다.

"물러가라고. 직접 명으로 내려야 되나?"

흑설이 앙칼진 목소리로 물었다.

"패배할 생각이시죠?"

"아니."

"나지오 부교주님도 그렇게 말했다면서요? 그러고는 어떻게 되었죠?"

"……."

"똑같은 말을 내뱉는 걸 보니, 똑같은 일을 저지를 셈이군요."

"……."

"그녀를 사랑하세요?"

"……."

"장로께서 죽으면 나는 자결할 거예요. 죽어서 당신 옆에 묻힐 거예요. 시체가 되어야 당신 품에 안길 수 있겠네요."

"화장(火葬)이라도 해야겠군."

"이 상황에 농담이 나와요?"

"다들 물러가."

"……."

망후조의 취월가가 피월려의 옥소에서 흘러나왔다.

옥소 속에 여인의 목소리가 섞였다.

피월려!

일어나십시오!

피월려!

당장!

어서!

피월려!

피월려는 무아지경에서 깨어났다.

*   *   *

"몸은…… 괜찮으십니까?"

피월려는 순간 느껴지는 어지러움 중에 속에서 올라오는 핏물을 내뱉었다. 외부의 충격으로 무아지경에서 억지로 벗어난 탓에 내상을 입은 것이다.

하지만 그 정도면 싼 거다. 만약 깨어나지 못했다면 지독한 심마에 빠져 죽었을 것이다.

"쿨컥. 컥. 크흠…… 내상을 입었지만, 그래도 죽는 것보다는 낫지. 고맙소. 그런데 무슨 일이 있었소? 원 소저는 나보다 더 심하게 상처를 입은 것 같소만."

원설은 입으로 붉은 피를 토한 피월려와는 비교할 수 없는 몰골이었다.

얼굴은 먼지가 가득했고, 머리카락은 사방에 비산하고 있었으며, 옷은 옷이라 할 수 없을 정도로 해져 있었다. 곳곳에 보이는 검상에서는 아직도 핏물이 베어 나오고 있었으며, 피부색은 까맣게 죽어 있었다. 눈빛은 탁하고 흐려 초점을 모으기 위해 안간힘을 쓰고 있었고, 그조차도 버거운지 양쪽 눈 밑이 파르르 떨리고 있었다. 앙증맞았던 볼이 푹 꺼져 광대뼈를 드러냈고, 입술은 갈라져 메마른 강바닥 같았다.

"명에 따르는 것이 마교인의 길입니다."

목소리 또한 미약하여 겨우 알아들을 수 있을 정도였다. 피월려는 입가를 대충 닦고는 물었다.

"무슨 일이 있었소?"

"일대주께서 무아지경에서 벗어날 때까지 지키라는 것이 부교주님의 명령입니다."

"부교주님께서는 어디 계시고?"

"……."

피월려는 원설의 표정이 심상치 않다는 것을 느꼈다.

"설마……. 시일이 얼마나 지난 것이오?"

"나 부교주님께서 정충에게 패배한 날로부터 사흘째입니다."

피월려가 놀라 소리쳤다.

"그, 그럼 벌써 칠월 첫날이란 말이오? 아니, 그보다. 패배라니? 나 선배께서 패배하셨소?"

"예, 패배하셨습니다."

"무슨……. 정확히 설명해 보시오."

원설은 고개를 흔들었다.

"우선 이곳을 벗어나는 것이 급선무입니다. 이야기는 나중에 하겠습니다."

피월려는 그녀의 모습과 주변을 보고는 상황이 좋지 않다는 것을 깨달을 수 있었다.

"내 경황이 없었소. 장소가 바뀌지는 않은 것 같은데, 지금 전투 중이오?"

"정확하게는 일방적으로 방어 중입니다. 다른 곳에 눈을 돌리기 위해서, 유인책을 썼습니다. 이곳은 기문둔갑으로 인해 추격자들의 눈에서 벗어나 있었으나, 앞으로 오래가진 못하여 억지로 깨운 겁니다."

"기문둔갑? 그런 것도 펼칠 수도 있소?"

그 질문의 답은 다른 곳에서 나왔다.

"내가 했지."

원설만큼이나 초췌한 몰골의 제갈미가 눈앞에 나타났다. 그녀는 죽은 사람의 피부처럼 피부에 핏기가 전혀 없었는데, 당장에라도 쓰러질 듯 휘청거렸다.

"제갈미? 어떻게."

"연락을 받고 왔지. 미친 듯이 말을 몰고 와서 다행히 삼 일

전에 딱 도착했어."

"그럼 지금까지 기문둔갑을 펼친 건가?"

"응. 널 함부로 깨울 수가 없어서……. 지금이야 많이 누그러져서 억지로라도 깨울 수 있었지, 삼 일 전에는 방 안에 마기가 가득 차서 가구들이 붕 떠오를 정도였다니까. 내 천부적인 오성이 없었다면 숨기지도 못했을 거야. 생명의 은인이라고."

그녀는 자기의 가슴을 치며 말했지만, 바로 힘없이 팔을 늘어뜨렸다. 피월려는 그녀에게 다가가 등 뒤에 업었다. 그러고는 빠르게 상황을 판단했다.

"이젠 내게 맡겨라. 지금 우리를 공격하는 세력은 누구지?"

"화산파와 종남파입니다."

"역시나. 마교의 잔당을 없애야 한다, 뭐 그런 식이겠군."

"적은 처음 이틀간은 서안 밖에서 저희를 찾았지만, 탈출의 흔적이 없는 것을 파악하고는 성안에 숨었다 확정하였습니다. 지금은 서안 전체에 백도문파의 고수들이 퍼져 수색하고 있는 중입니다."

"탈출할 수 있겠어?"

"우선 이곳까지는 자력으로 가야 합니다."

원설은 품속에서 지도를 하나 꺼냈다. 서안의 건물과 지형이 그려진 지도로, 다섯 걸음 정도의 길이 차이까지 확인할 수 있을 정도로 빼곡했다. 뿐만 아니라 각각 집과 지형에 손톱만 한 글로 주석이 달려 있는 것은 물론이고, 백도세력으로 추정되는 건물들까지 모두 표시가 되어 있었다.

"이 정도의 지도라면 하오문이나 개방에서 만들……."

"육대주께서 직접 보내셨습니다. 저희 상황을 아시고 제갈대원과 마조대원을 은밀히 보내신 것도 육대주께서 해주신 겁니다."

혈적현이 준 것이라면 믿을 만하다. 피월려가 물었다.

"제갈미는 알겠는데, 마조대원은 누구……."

"저도 모릅니다. 지도에 나타나 있는 도착지에 가면 알 수 있을 겁니다."

도착지에는 특별할 것 없는 평범한 기루가 있었다. 피월려 일행이 있는 곳과는 채 일 리도 떨어져 있지 않았지만, 시내라는 점과 적이 사방에 가득하다는 점을 들면, 깊은 산속에서 십 리를 걷는 것보다 더 어려울 것이다.

"그러면 일단 이곳으로 가는 것에 총력을 기울여야겠군. 상태는 어떠시오?"

"괜찮습니다."

"수치로 말해보시오."

"삼 할… 아니, 이 할 정도입니다."

"그럼 은신술로 몸을 숨기고 나오지 마시오. 나를 호법하는

데 기운을 낭비하실 필요 없소."

원설은 반박하려 했지만, 피월려의 눈동자에서 빛나는 자신감을 보고는 입을 다물었다. 그가 무아지경에서 어떤 깨달음을 얻었는지는 알 수 없었지만, 전보다 더욱 강해졌다는 건 풍기는 기운에서부터 알 수 있었다.

"알겠습니다. 부족하지만 이것을 쓰십시오."

원설은 허리춤에 찬 장검 하나를 피월려에게 건넸다. 평범한 철검이지만 날이 잘 서 있지 않아, 살은 몰라도 뼈를 자를 수는 없을 것 같았다. 피월려가 그것을 받자 원설은 어둠에 먹히듯 사라졌다.

피월려는 검을 몇 번 휘둘러 그 무게와 길이를 몸에 익히더니 중얼거렸다.

"나쁘지 않군. 베기는 힘들지만 찌를 순 있겠어."

피월려가 천천히 방 안을 나서자, 그의 등 뒤에 업혀 있던 제갈미가 나지막하게 말했다.

"이 층에서 벗어나는 순간 기문둔갑이 깨질 거야. 그때부터는 눈을 속일 수 없어."

피월려는 고개를 살포시 끄덕이고는 원설에게 전음을 보냈다.

[우선 지하로 갈 것이오. 주변에 적의 기운을 파악해 보시오.]

[이젠 전음을 하실 수 있으시군요?]

[여러 깨달음이 있었소. 하여간 부탁하오. 보이지 않는 곳의 동태를 파악하는 건, 나보다는 소저가 더 일가견이 있을 터이니.]

[존명.]

피월려는 계단을 걸어 한 층씩 내려가기 시작했다. 이층까지는 무난했는데, 일층에 내려가기 직전 원설이 전음을 보내왔다.

[적입니다. 종남파 고수 둘과 화산파 고수 둘이 있습니다.]

[태세가 어떠하오?]

[편안히 음식을 먹는 듯하나, 넷 다 긴장을 늦추지 않고 있습니다.]

[알겠소.]

피월려는 잠시 제갈미를 옆에 내려놓았다. 그러자 제갈미가 중얼거렸다.

"앞으론 그냥 걸을게. 못 걸을 정도는 아니야."

"다리를 후들거리면서, 무슨. 조금만 기다려."

피월려는 칼을 허리에 차고는 태연한 기색으로 계단을 걸어 내려갔다.

그가 허리에 칼을 찬 것을 본 화산파의 고수 중 한 명이 내력을 끌어 올리자, 연달아 다른 세 명의 고수들이 임전 태세를 갖추며 피월려를 돌아보았다.

피월려가 비굴하게 웃어 보이며 입을 열었다.

"헤헤. 그… 마교인이 어디 있는 지 신고하면 보상이 있다 하던데……. 맞습니까?"

그의 말을 듣자 종남파의 고수 중 한명이 칼집에 가져갔던 손을 멈추고는 팔짱을 끼었다.

"낭인인가?"

"하하하. 흑귀라고 불립니다만. 혹 들어본 적이……."

"없다. 됐으니, 네가 말한 그 마교인이 어디 있는지나 말해라."

"그, 그것이 보상은?"

"우선 확인부터 하고 주겠다. 종남파의 이름을 걸고 약속하마."

"정 그러시다면……. 마교인은 제 옆방에 있는 것 같습니다."

"그걸 어찌 알지?"

"미천한 내공이지만, 마기를 구분할 줄은 압니다. 옆방에서 느껴지는 마기가 심상치 않더군요. 제가 상대할 만한 기운이 아닌 것 같아, 고수분들이 아래 계신 것을 알고 내려왔습니다."

"그래? 흐음……. 우선 같이 올라가 보자."

종남파 고수는 동문에게 눈짓했고, 화산파 고수 둘을 보았다. 그러나 화산파 고수들은 고개를 저었다.

"만일이라는 게 있으니, 우린 자리를 고수하겠네. 다녀오시게."

종남파 고수가 비웃으며 말했다.

"흥. 마교인이 두려운가?"

화산파 고수는 어깨를 들썩일 뿐, 대답하지 않았다. 종남파 고수들은 피월려를 따라 위로 올라갔다.

"어디 있는 건……. 쿨컥."

손아귀에 의해 뜯겨나간 성대에서는 더는 말이 흘러나오지 못했다. 피월려는 그와 동시에 검을 다른 고수의 입에 틀어박아 넣었다. 그러자 비명조차도 지르지 못하고 절명했다.

그는 머리에서 검을 뽑아, 성대가 뜯겨나간 고수의 목에 다시금 찔러 넣었다. 그 고수는 몸을 부들부들 떨더니 곧 죽음에 이르렀다.

피월려는 피가 묻은 겉옷을 탁탁 털면서 중얼거렸다.

"피가 너무 많이 묻었군."

눈을 질끈 감은 제갈미가 말했다.

"너무 잔인해. 왜 그렇게 죽였어?"

"아래층에서 들리지 않을 정도로 소리가 안 나게 죽이는 방법은 목을 따는 거밖에 없어. 그런데 이 검으로는 도저히 소리 없이 벨 수가 없으니. 어찌 됐든 좋은 검을 두 개나 얻었어. 너도 하나는 필요하지 않나?"

"검술은 몰라. 됐으니까, 좀 치워봐."

"치우긴 무슨. 피가 너무 흥건해서 치우나 안 치우나 달라지는 게 없어."

"앞으론 어떻게 하게? 아래 두 명 더 있잖아?"

"이왕 이렇게 된 거 좀 더 격한 연기를 해야겠지."

피월려는 피를 몸에 덕지덕지 묻혔다. 그러고는 허겁지겁 달려 나가는 척 연기를 하며 계단을 내려왔다.

"마, 마교인이……. 소협! 소협!"

흔들리는 피월려의 눈동자에는 공포가 살아 움직이는 듯했다. 하지만 그런 신들린 연기에도 화산파 고수들은 전혀 동요하지 않고는 검을 뽑았다.

"네가 피월려인 것을 안다."

"……."

"연기가 기가 막히군. 예인(藝人)이라 해도 믿겠다."

피월려는 헛기침을 했다.

"크흠. 그래서 안 따라 올라온 것이군."

"널 공격할 생각 없다. 종남파의 눈 때문에 찾는 척은 하지만 장문인으로부터의 명령은 널 척살하는 것이 아니라 네게 말을 전하는 것이다."

피월려는 의외의 상황에 놀랐다. 설마 화산파 고수가 싸움을 거절할 줄이야. 피월려는 되물었다.

"화산파 장문인이 내게 무슨 말을 한다는 거지?"

"장문인께서는 태룡검수에게 약속했다. 네 목숨을 살려주기로. 때문에 화산파에서는 널 붙잡는 시늉은 하겠지만, 실제로 싸울 생각은 없다. 물론 네가 먼저 공격한다면 주저하지 않고 죽일 것이다."

피월려는 잠시 고민했다. 화산파 장문인이 나지오와 왜 그런 약속을 했다는 말인가? 피월려는 침을 삼키고는 물었다.

"나 선배는 어떻게 되었지?"

"태룡검수를 말하는 거라면, 일이 어떻게 됐는지 모르나?"

"모른다. 어떻게 되었어?"

화산파 고수는 잠시 침묵하더니 짧게 대답했다.

"죽었다."

"……."

"그와 함께 온 매화검수도 모두 죽었다."

"……."

피월려가 굳은 표정으로 말을 하지 않자 화산파 고수가 그에게 물었다.

"종남파 고수들은 위에 있는가?"

"이 층에."

"죽였나? 둘 다?"

"어."

"보고는 해야 하니, 위에 가겠다. 다시 내려올 때는 못 봤으면 좋겠군."

화산파 고수는 그렇게 말하고는 그의 동문과 함께 계단 위로 모습을 감추었다. 피월려는 그들을 따라 올라갔다.

화산파 고수는 눈을 날카롭게 뜨며 말했다.

"사서 적을 만들 셈인가?"

"아니. 이 여자와 검을 가지러 왔을 뿐이야."

피월려는 제갈미를 등에 업고 칼을 허리에 찼다. 그런데 그 화산파 고수가 제갈미를 빤히 보더니 물었다.

"혹… 명봉?"

"……."

"맞군. 제갈의 명봉이 서안에 있을 줄이야. 마교에 입교한 건가?"

제갈미가 뭐라 변명하기 전에 피월려가 먼저 으름장을 놓았다.

"시시비비를 가릴 건가?"

"아니, 뜻밖이라 놀랐을 뿐. 우리와는 상관없는 일이지. 가라. 피월려. 다시 말하지만, 화산파는 너를 막지 않는다. 네가 우리에게 해를 입히지 않는 한 말이다."

"명심하지."

피월려는 계단을 내려왔다. 그러고는 주방으로가 객잔 주인을 찾았는데, 주인은 주방 한 구석에서 덩치 큰 몸을 떨며 주저앉아 있었다.

피월려는 우악스러운 손길로 그를 잡아 일으키며 말했다.

"순순히 대답하면 아무 일도 없을 거다."

그 주인이 연신 고개를 끄덕이니, 그의 볼록한 볼살이 흔들거렸다.

"예. 예."

"식재료가 얼마나 쌓였지?"

"예?"

"식재료 말이야."

"그, 그것이 남아 있는 것이 없습니다."

"그럼 쓰레기는? 음식쓰레기까지 전부 포함해서."

뜻밖의 질문에 주인이 눈동자를 마구 돌리더니, 기억난 듯 호들갑을 떨며 대답했다.

"수레 한 채 분량 정도 있습니다. 그런데 왜 그러시는지?"

"좋아. 그걸 써먹으면 되겠군."

제갈미는 피월려의 말에서 그의 계획을 눈치채고는 눈살을 찌푸렸다.

"설마… 아니지?"

"더 좋은 수 있어?"

제갈미는 잠시 고민하더니 혀를 내둘렀다.

"아. 알았어. 그냥 그렇게 해, 그럼."

제갈미의 뛰어난 지혜로도 그보다 더 좋은 걸 생각할 수 없었다. 아니, 그보다 너무 피곤하여 머리를 굴리는 것조차 힘들었기 때문에, 그냥 동의한 것이다.

피월려는 주인에게 말했다.

"화산파와 종남파가 날 찾고 있다는 걸 잘 알겠지. 나를 저들에게 바치면 그에 상응하는 포상금을 얻을 수도 있을 거야. 허나 나를 도와준다면 그들이 말한 포상에 열 배에 해당하는 돈을 주겠다. 생명을 걸어야 하지만, 그만큼 상상할 수 없는 돈을 얻게 될 거야."

피월려는 주인의 눈을 주시하며 검집에 손을 가져갔다. 용안심공 제삼안인 심시로 그 주인의 눈동자를 뚫고 그의 정신을 손바닥 위에 올려놓듯 살피었다.

눈동자에 가득 차 있는 두려움의 짙은 안개 아래로, 점점 요동치는 욕망의 파도가 보였다. 그 파도가 회오리를 이루고 하늘까지 뻗어 올라올 때, 그 주인이 말했다.

"열 배. 확실합니까?"

"그래."

"그럼 우선 다섯 배를 선불로 주십시오."

"지금 요구할 상황이 아닐 텐데?"

"어차피 이래 죽나 저래 죽나 매한가지 아닙니까?"

무림인과 협상이라니. 서안이라는 대도시의 객잔 주인다웠다.

피월려가 물었다.

"범인이 죽음을 이리도 두려워하지 않는 걸 보니 가족은 없는 것 같은데?"

"나이 든 부모님은 오래전 돌아가셨고, 지금껏 처가 없었습니다."

피월려의 등 뒤에서 이를 보던 제갈미가 한마디 던졌다.

"살 빼. 아무리 그래도 너무 심각하네."

주인은 씨익 웃으며 자기 뱃살을 양손으로 잡았다.

"이놈은 포기 못 합니다. 그만큼 재산이 있으면 처도 생기겠지요."

그의 말에서 하나의 거짓도 발견하지 못한 피월려는 검에서 손을 떼었다.

"선금으로 다섯 배를 줄 수는 없다. 그걸 받아먹고 나를 팔지도 모를 일이니까."

"아무런 보증 없이는 저도 도와드릴 수 없습니다. 어차피 이용당하고 죽을 거 아닙니까?"

"……"

분위기가 고조되자 제갈미가 머릿속에 있던 짧은 비녀를 뽑았다. 그녀의 머리카락이 헝클어지며 그녀의 어깨에 쏟아졌는데, 그 길이가 모두 어깨를 넘지 않는 단발이었다.

"자, 이거면 되겠지."

"무엇입니까?"

"옥잠(玉簪)이야. 흔한 옥이 아니고 진옥(珍玉)이야. 포상금에 열 배가 아니라 백 배는 되겠지."

진옥은 평범한 옥과 비슷한 빛깔을 지녔지만, 그 강도에 있어 상상을 초월할 정도할 정도로 강하여 절대로 상하지 않는 것이 특징이었다. 억지로 흠집을 내려 한다면 전체가 깨져 버릴 정도로, 경도만 놓고 보면 금강석과 동급이다.

"……"

"엄청 귀한 거라, 그 매물이 적어. 따라서 중원 어디에서 환전(換錢)한다 해도 그 정보가 돌기 때문에 충분히 찾아낼 수 있어. 네가 만약 우리를 배신하고 이걸 처분한다면 내 동료들이 얼마든지 널 찾아내서 죽일 수 있지. 즉, 배신하면 무용지물이오, 배신하지 않는다면 네가 마음대로 사용해도 좋아. 간단하지?"

주인은 그 비녀와 제갈미를 번갈아보더니 물었다.

"제가 거절하면 절 죽일 겁니까?"

피월려가 대답했다.

"삼 일간 기문둔갑으로 방의 모습을 숨겼다고 하나, 이 객잔의 주인인 네가 그 위화감을 느끼지 못했을 리 없지. 그럼에도 불구하고 가만있었다는 건, 귀찮은 일에 휘말리기 싫어서야. 아닌가?"

　"……."

　"하지만 내가 사실을 말해주지. 넌 이미 휘말렸어. 삼 일간 그 위화감을 애써 무시한 것부터가 이미 무림에 한 발자국을 들이민 거다. 아니. 애초에 돈을 벌고자 천마신교의 마인들에게 방을 내준 것부터가 선을 넘은 거지. 이제 와서 네 뜻대로 나갈 수 없다는 것쯤은 말하지 않아도 알겠지."

　그 주인은 피월려의 냉혹한 눈동자를 마주 보며 고민했다. 잠깐의 심호흡 후, 주인은 제갈미의 비녀를 받았다.

　"제가 어찌 도우면 됩니까?"

　피월려가 품에서 지도를 꺼내 한 곳을 가리키며 나지막하게 속삭였다.

　"우릴 쓰레기 더미 속에 숨겨주고 이곳까지 이동하면 돼. 최소 삼 장 안의 한적한 곳에 그냥 마차를 버려두고 가면, 약조를 지킨 것으로 하겠어."

　"수레를 그곳에 가져가기만 하면 됩니까?"

　"그러면 끝이야. 어떤 범죄에도 연루되지 않아."

　주인은 결심했다는 듯 고개를 끄덕였다.

"알겠습니다."

주인은 자리에서 겨우겨우 일어났다. 앉아 있었을 때는 그
래도 사람처럼 보였는데, 일어나니 정말 돼지가 따로 없었다.
그것도 아주 큰 놈이다.

그는 느릿한 걸음으로 뒷마당으로 그들을 안내했다. 그러
자 한쪽에 정차되어 있는 마차가 보였는데, 그 위로는 수백 수
천 마리의 날벌레가 군단을 이루고 있었다. 피월려는 주저 없
이 그곳에 뛰어들어 손을 뻗었다.

"얼른 들어와."

제갈미는 울상을 지었지만 이내 눈을 질끈 감고는 피월려
의 품에 안겼다. 피월려는 몸을 비비면서 점차 쓰레기더미 안
으로 들어갔고 그들의 몸은 시야에서 사라졌다. 그 둘은 마
차 칸 가장 구석 쪽에 슬쩍 얼굴을 내밀고 숨을 쉬었는데, 제
갈미는 쓰레기의 역한 냄새 때문에 도저히 숨을 제대로 쉴 수
없었다.

"차라리 기절시켜 줘."

피월려는 안 그래도 그럴 생각이었다. 그는 손가락을 제갈
미의 혈에 가져다 대고 내기를 불어넣었다. 뇌로 공급되는 혈
관을 잠시 막고 그녀가 정신을 놓자, 재빨리 그녀의 명치 부근
에 손가락을 올려놓고는 기혈을 다스려 그녀의 폐를 어루만졌
다. 그 기운의 인도를 따라 제갈미는 천천히 호흡하기 시작했

고, 피월려도 그에 따라 천천히 호흡했다.

쿠쿵. 탁.

말을 가져온 객잔 주인이 마차 칸에 연결하는 소리였다. 그러고는 서서히 마차가 이동하기 시작했는데, 덜컹거리는 바닥 때문에 쓰레기에서 흘러나온 역한 액체가 안에서 파도를 이루기 시작했다. 피월려와 제갈미는 겨우 코만 내밀고 있는 터라, 그 액체가 호흡을 방해하기 시작했다.

피월려는 양손으로 벽을 만들어 제갈미의 코 주변을 막아 주었다. 문제는 그의 코. 숨을 들이마실 때 가끔 같이 들어오는 그 역한 액체는 상상을 초월하는 혐오감을 일으켰고, 코를 통해 목으로 들어올 땐 정말이지, 몸을 떨며 참아내야 했다.

하지만 그만한 고생을 한 대가로 그곳에 도착할 때까지 검을 쓸 일이 없었다. 객잔 주인은 목적지 주변에 사람들이 잘 보이지 않는 한적한 나무 아래에 쓰레기 마차를 정박하고는 자연스럽게 발걸음을 옮겼다. 하지만 그렇다고 바로 나올 수 있는 건 아니었다. 장당 거리에만 종남파 고수들 십여 명이 눈에 보였고, 거리의 사람들은 그보다 배가 많았다.

그렇게 피월려는 안에서 기다렸다.

한 시진.

두 시진.

세 시진.

해가 떨어지고 어둠이 찾아와, 거리가 한산해질 때까지 참았다. 하지만 건물이 기루인지라, 그 기루를 찾는 사람들은 오히려 늘어, 마차 주변의 사람의 수는 변한 것이 없었다.

네 시진.

다섯 시진.

이젠 하다못해 피부가 썩는 기분이 든다.

그런데 그때, 원설에게서 신호가 왔다.

[지금입니다.]

피월려는 제갈미를 들고 쓰레기 더미에서 빠져나왔다. 그러자 열 장 정도 떨어진 곳, 지하로 통하는 문을 반쯤 열고 그들에게 손짓하는 노인이 한 명 보였다. 그곳은 거리 반대편 삼십 장 정도 거리에 위치한 곳이라, 피월려는 보법까지 펼쳐가며 빠르게 그곳으로 가야 했다.

안으로 들어가며 노인이 말했다.

"고생하셨습니다. 마차를 건너편에 정박하셔서 사람이 없어지기까지 오래 기다려야 했습니다."

"범인을 썼소. 그런 경우 언제나 일어나는 일이지. 하여간 잘 왔으니 다행이지. 여긴 서안지부이오?"

노인은 고개를 저었다.

"설마요. 백도문파의 세력이 장악한 중앙 지역에는 천마신교의 지부가 설립되기 어렵습니다. 낙양지부가 특이한 경우이지요."

"그러면 이곳은 어떤 곳이오?"

"마조대의 작은 지소(支所)입니다. 마인은 없고, 간략한 정보만 실어 나르는 곳이지요."

"그럼 무공을 익힌 자가 전혀 없다는 뜻이오?"

"있었다면 오히려 의심을 샀을 겁니다. 우선 이쪽으로."

그 노인의 안내를 따라서 어떤 문으로 나가자, 한적한 강가가 나왔다. 위쪽으로는 넓은 다리가 있어, 그들의 모습을 가려 주고 있었다.

"우선 몸을 씻으시지요. 의복을 구해 오겠습니다."

이미 코가 적응하여 피월려는 몰랐지만, 수십 년간 마조대원으로 일하며 산전수전을 다 겪은 그 노인조차도 표정을 관리하기 힘들 정도로 그의 몸에서는 악취가 풍겼다. 피월려는 옷을 모두 벗어던지고 강으로 몸을 던졌는데, 몸이 끝까지 잠기고도 한참을 가라앉았다. 서안 시내에 흐르는 강은 그 깊이가 땅을 짚을 수 없을 만큼 깊었던 것이다.

강 위로 올라온 피월려가 강가에 누워 있는 제갈미를 보고는 한숨을 쉬었다.

"쉽지는 않겠어."

그는 일단 제갈미를 안아들고 강 안으로 잠수했다. 그러자 온갖 오물에 젖어 있던 옷 때문인지, 혼자 있었을 때보다 더욱 빠른 속도로 가라앉았다. 보법의 운용을 변화시켜 끊임없이 발장구를 치는데도, 그 속도가 늦춰졌을 뿐 가라앉는 건 매한가지였다.

하는 수 없이 피월려는 제갈미의 옷을 벗겼다.

하나를 벗기고 둘을 벗기고. 이상하게 옷을 벗기고 벗겨도 살이 나오지 않았다. 도대체 몇 겹이나 겹쳐 입은 건지, 옷 무게를 모두 더하면 어린애 하나의 무게 정도는 나올 것 같았다. 그리고 그 정도가 심해지자, 괴기한 기분이 들 정도였다.

양파의 껍질을 까는 것처럼 옷이 하나하나 벗겨질 때마다, 피월려는 묘한 긴장감에 사로잡혔다. 그것은 성적인 흥분이 아니었다. 인간의 몸이라 할 수 없을 정도로 얇은 육신을 보게 될 때, 충격을 받지 않기 위한 대비였다.

결국 옷이 모두 벗겨졌고, 제갈미의 알몸이 드러났다. 그 가벼운 몸에 의해서 그 둘은 이미 수면 위로 떠올라 있었다.

"숙녀의 몸을 함부로 보다니. 개망나니네."

"……."

막 깨어난 제갈미는 차가운 눈빛으로 피월려를 노려보고 있었다.

"옷 하나하나 다 찾아내야 할 거야. 옷 하나하나에도 내가 손수 그려놓은 기문둔갑이 한두 개가 아니란 말이야. 그게 없으면 내 생명을 유지하지도 못해. 서둘러 찾아야 할걸?"

피월려는 그녀의 말에 귀를 기울일 수 없었다. 그의 육신 깊은 곳에 자리 잡은 극양혈마공으로 알아챈 사실을 도저히 믿기 어려웠기 때문이었다.

"너… 천음지체였나?"

제갈미.

그녀는 천음지체였다. 천상의 아름다움은 눈을 씻고 찾아 봐도 없었지만, 극양혈마공으로 인해 피월려는 그것을 확실히 알 수 있었다.

"역시 극양혈마공이야, 단번에 알아보다니."

"어, 어떻게 이 지경까지 되었지?"

제갈미가 슬픈 어조로 말했다.

"아무것도 하지 않고 방치해 둔 덕에 육신이 이미 마를 대로 말랐지. 기문둔갑으로 겨우 생명을 유지하곤 있지만 이미 선천지기가 메말랐어. 구 할은 시체인 몸뚱이야. 기문둔갑이 뼈와 근육을 대신한 지 이미 오래지. 내 두피에 새긴 기문둔갑이 아니었다면, 내 얼굴을 이렇게 마주하고 보지도 못할 걸?"

"그래서. 그래서……."

피월려는 지금껏 품었던 의문들이 갑자기 모두 풀리니, 정신을 차릴 수 없었다. 제갈미는 방긋 웃으며 말했다.

"처음 만난 날, 네가 가진 양기를 간파하고 나서 속으로 얼

마나 쾌재를 불렀는지 알아? 양기를 공급해 준다는 빌미로
나를 노예처럼 취급하던 제갈세가에서 드디어 자유를 얻을
수 있었으니까. 네가 개봉에서 활동할 때도 나는 널 주시했
지. 그리고 개방의 감옥에 네가 갇혔을 때야말로 진정한 기회
가 왔다 생각했어. 거기서 네 양기를 처리한 것도 내가 천음
지체였기에 가능한 거였지. 나도 필요했지만. 호호호. 그리고
입교했고, 네게 붙었지."

"린 매도 이 사실을 알아?"

"아마 모를 거야. 중원에서 기문둔갑으로만 따지면 두 번째
라니까? 기문둔갑이 새겨진 옷을 두른 나에게서는 그 누구도
천음지체의 기운을 간파할 수 없어. 극양혈마공으로도 몰랐
잖아? 그런데 아직도 의문이 남아 있는 거 같은데?"

피월려는 고개를 들어 달을 보았다.

"천음지체. 그것에 관해서 아는 걸 말해줘."

"왜?"

"내가 만난 천음지체만 벌써 네 명이야. 그리고 나이들도 모
두 엇비슷하고. 우연이라 하기에는 너무 석연찮아."

"그래? 흐음……."

"어떤 공통점이 있을 수도……."

피월려가 고민에 빠지려는데, 제갈미가 갑자기 피월려의 얼
굴을 붙잡았다.

"어차피 그런 고민은 나중에 해도 돼. 일단 해야 할 게 있어."

"뭘?"

제갈미는 갑자기 얼굴을 들이밀었다. 그러고는 피월려에게 입을 맞췄는데, 그는 너무나 당황하여 한동안 꼼짝도 못했다.

제갈미가 입을 떼더니 쾌활하게 웃으며 말했다.

"역시 맛좋은 양기야."

"갑자기 무슨 짓이지?"

"뭐긴 뭐야? 음양합일의 전초를 알리는 짓이지."

"음양합일? 무슨?"

"사실 전에 받았던 게 남아 있었지만, 네가 옷을 벗기는 바람에 다 날아가 버렸으니까. 다시 새로 공급받아야겠어. 이번엔 제대로 된 음양합일로."

"무슨 말을 하는지 도통 모르겠군. 일단 좀 떨어져봐."

"왜 그래? 쫄았어? 쫄지 마. 누나가 잘해줄게."

"미쳤어?"

"걱정 마. 진설린처럼 매일같이 닦달하지 않을 테니까. 어차피 나는 무공을 몰라서 내력을 쓰지 않아. 그저 일정량 이상의 양기를 내 몸에 저장하면 기문둔갑으로 증폭시켜 사용할 수 있지. 그 일정량이 상식의 수준을 벗어나서 문제지만."

"……"

"극양혈마공을 폭주시키는 게 좋을 거야. 천음지체로 태어나서 지금껏 잃지 않은 순음지기를 만족할 수준까지 데우려면 강이 끓어 넘칠 정도의 양기가 필요하니까."

"……."

"쫄지 말라니까 그러네."

피월려는 제갈미의 눈웃음에서 두려움을 느꼈다.

*   *   *

"흠. 흠. 흠. 일은 다 하셨습니까?"

노인은 피월려의 눈을 보지 못했고, 피월려도 노인의 눈을 마주 보지 못했다. 오로지 제갈미만이 부끄럼이 없는 당당한 표정으로 서 있었다. 노인과 피월려가 서로 땅바닥을 본 채, 대화가 이어졌다.

"잠시 실례했습니다. 상황은 어떻습니까?"

본론을 묻자, 노인의 얼굴이 어두워졌다.

"매우 좋지 않습니다. 일단 안으로 드시지요. 음식을 준비했습니다."

제갈미는 눈을 반짝였다.

"아! 너무 오랜만에 몸을 써서 배고팠는데, 다행이네."

"……."

"……."

"식사는 어디 있지?"

노인은 발걸음을 서둘러 옮겼다.

"이쪽입니다."

그들이 도착한 곳은 작은 방이었다. 지하라 그런지 공기가 탁했고 밤이라 그런지 빛이 약했다. 음식의 향기와 빛깔이 희석되어 딱히 입맛이 돌지 않았지만, 하나를 막 집어먹어 맛을 보니, 위장이 사정없이 요동치며 음식을 요구했다.

피월려와 제갈미는 한동안 정신없이 먹고는 차를 마시며 배부른 배를 쓰다듬고 있었는데, 그때쯤 익숙한 얼굴이 그 방 안으로 들어왔다.

"여기까지 오느라 크게 수고하셨다 들었습니다."

그 남자는 마조대 낙양단의 주팔진이었다. 그는 양손에 목 줄을 쥐고 있었는데, 그 줄은 그의 뒤를 따라오는 커다란 개의 목에 걸려 있었다. 언뜻 봐도 사람만 한 크기를 가진 그 개는 눈빛이 예사롭지 않았다.

"주팔진 대원이 아니시오? 여긴 어쩐 일이오."

주팔진은 의자에 앉으며 말했다.

"옆에 계신 제갈 대원께서 마조대에 향도(嚮導)를 요청하셨다고 들었습니다. 그래서 왔습니다."

제갈미가 눈을 게슴츠레 뜨며 말했다.

"그냥 제갈미라 해. 제갈 대원이란 소리 듣기 짜증 나니까. 그리고 정확하게는 섬서와 사천의 산천지리(山川地理)에 밝고 첩경(捷徑)에 능한 향도를 청했어. 아무 향도나 청한 게 아니라."

"그래서 저와 이놈이 온 것이지요. 섬서와 사천에 관련된 임무 처리만 백이 넘어 지도를 보지 않고도 산천지리를 머릿속에 그릴 수 있는 마조대원. 그리고 냄새만으로 반경 백 리의 동향을 파악하고 여차하면 한 사람의 무림인 역할까지도 할 수 있는 영물(靈物). 이 둘보다 무림인의 길을 더 잘 찾을 수 있는 향도가 어디 있다고 그러십니까?"

"잠깐. 둘 다. 잠깐."

피월려는 자리에서 일어나 양 손으로 그들을 저지하고는 눈을 껌뻑이더니 말을 이었다.

"일단, 제갈미. 왜 섬서와 사천이야? 지부로 귀환하려면 동쪽에 있는 하남에 가야지 왜 서남쪽에 있는 사천에 간다는 거야? 그리고 주 대원. 듣기로는 개봉단에 있었다가, 최근에 낙양으로 왔는데, 무슨 섬서와 사천의 산천지리에 밝다는 것이오? 그리고 그 개는 뭐고?"

대답은 주팔진이 먼저 했다.

"혹 일대주께서는 지부장님의 명을 불복하실 생각입니까?"

"무슨 명 말이오?"

"사천에 가 사천당문을 도우라는 명 말입니다."

피월려는 뻔뻔한 그 말에 화를 냈다.

"지금 서안의 상황을 모르오? 지금은 도저히 명령을 수행할 상황이 아니오."

"본 교에서 명령이란, 상황에 따라 복종과 불복을 선택할 수 있는 것이 아닙니다, 일대주. 특히나 직속명령은 더더욱 그렇습니다."

"그러나……."

주팔진은 피월려의 말을 잘랐다.

"그리고 적들도 일대주께서 낙양으로 향했다 생각할 것입니다. 실제로 서안에서 낙양으로 향하는 모든 길목을 각지의 백도인들이 모두 지키고 있습니다. 백도문파 중 낙성혈신마에게 원한을 가진 문파가 한두 곳이 아니라는 건 일대주께서 더 잘 아시리라 믿습니다. 그들은 백도세력의 지역에 덩그러니 남아 본 교의 지원을 제대로 받을 수 없는 낙성혈신마를 처리할 절호의 기회라 생각할 것입니다."

"……."

"그러니, 실제로 지부장님의 명령이 없었다 해도 일단은 사천으로 가는 게 더 현명합니다."

주팔진의 말은 논리적으로 설득력이 있었다. 피월려는 다른 부분을 지적했다.

"그건 그렇다고 하겠소. 그런데 어떻게 주 대원이 향도로 왔소?"

"말했다시피 사천에 관련된 임무를 백 건이 넘게 해결한 경험으로 인해 사천과 섬서의 산천지리에 해박합니다."

"자격을 묻는 것이 아니오. 어떻게 왔냐는 것이지. 제갈미가 이곳에서 향도를 신청했는데, 먼 낙양지부의 마조대원이 왔다는 게 상식적으로 말이 안돼서 말이오. 섬서지부에 섬서 지리에 밝은 자가 없어 낙양에서부터 주 대원이 왔단 말이오?"

"아. 그것 말입니까? 당혜림 소저의 귀환 길을 책임진 사람이 접니다. 그래서 저도 막 사천에서 올라오는 길이었죠. 그러다가 서안에 일이 있어 방문했는데 딱 마침 제갈 소저께서 향도를 요청하셨기에 제가 이어받은 겁니다. 대답이 되었습니까?"

너무 앞뒤가 착착 들어맞는다. 하지만 딱히 뭐라 의심할 증거도 없다.

피월려는 언짢았지만 고개를 끄덕일 수밖에 없었다.

"…되었소."

"이거 참, 같은 본 교의 마인을 너무 의심하십니다. 앞으론 험난한 여정을 같이하게 될 터인데 말입니다."

대놓고 교주의 사람인 걸 티내며, 피월려를 직접 회유하기까지 했으니 당연한 것 아닌가. 그러나 그렇다고 주팔진이 천마신교의 마인이 아닌 것은 아니다. 내부의 일에서는 적이지만, 앞으로의 여정에서는 그가 걸림돌이 될 가능성이 매우 적었다.

피월려가 말했다.

"좋소. 내 의심이 많았다는 건 인정하겠소. 그럼 앞으로 잘 해봅시다. 사천까지 길을 잘 부탁하겠소."

주팔진은 포권을 취했다.

"존명. 걱정하지 마십시오. 오늘은 우선 쉬시고 내일 일정을 논하는 게 좋겠습니다."

제갈미는 기다렸다는 듯이 자리에서 벌떡 일어났다.

"다 끝났지? 그럼 나 자러 간다. 내일 봐."

그녀는 가벼운 발걸음으로 방에서 나갔다. 그녀가 사라지자 묘한 기류가 흐르기 시작하니, 피월려도 서둘러 자리를 피하려 했다. 둘만 있다 보면, 괜히 불편한 이야기가 나올 것 같았기 때문이다.

"그럼 나도 가보겠소."

피월려가 일어나자, 주팔진이 그를 멈춰 세웠다.

"아 참, 주 대원께서 말을 전하라 했습니다."

"주 대원? 본인 말고 다른 사람을 말하는 것이오?"

"주하 아가씨 말입니다."

주팔진이 주하를 아가씨라 칭한 건, 그에게 있어 그녀는 친족이자 본가의 사람이었기 때문이다. 피월려는 이를 깨닫고 말했다.

"무엇이오?"

"대주님과 생사혈전을 하지 않겠다 합니다. 일대원이 되기 싫은가 봅니다."

"그건 스스로 결정할 수 없는 사항일 텐데?"

"제일대에 속하기를 거부하는 탄원서를 이대주께서 받아들이셨습니다."

"설마. 그건 지부장께서 정한 것이오. 그걸 이대주가 정면으로 반박했다고?"

"현재 낙양지부엔 지부장께서 계시지 않습니다. 북자호 장로님과 생사혈전을 하시려고 본부에 가지 않았습니까? 아직 결과는 모릅니다만, 지부장께서 없는 동안이라면 그 정도의 결정은 이대주께서 내릴 수 있다 봅니다."

"……."

"주 대원은 일대원이 되는 대신 다른 자리를 요구했습니다. 그리고 그 또한 이대주께서 승낙하셨습니다."

"무슨 자리를 요구했소?"

"충분히 예상하시라 믿습니다."

피월려는 즉시 눈치챘다.

"내 전속대원 말이오?"

"예. 대주의 전속을 다시 맡고 싶다한 것 같습니……"

그가 말을 끝마치기 전에 원설이 갑자기 어둠 속에서 튀어
나왔다. 그녀는 붉게 달아오른 표정으로 씩씩대며 주팔진의
멱살을 잡았다.

"그 뜻은 뭐야? 주하가 나랑 생사혈전이라도 하겠다는 거
야?"

주팔진은 피월려에게 도움을 바라는 시선을 보내며 쩔쩔맸
다.

"그, 그것은 이대주께서 허락하신 겁니다. 전속대원 또한 제
이대이니, 전적으로 이대주의 권한입니다."

주팔진을 별로 좋아하지 않았던 피월려는 슬며시 턱을 괴
며 모른 척했다.

"지부장께서 그 권한을 침해한 것에 대해서 불쾌했었나 보
군. 자리를 비우자마자 바꿔 버리다니. 잘 알았소, 주 대원.
이 일은 지부에 도착하고 알아보겠소. 그럼 내일 뵙겠소."

"저… 잠시……. 원 소저를 진정시키……"

피월려는 눈길을 주지 않고 몸을 돌렸다. 주팔진의 간절한
시선은 피월려에게 완전히 외면당했다.

*　　　　　　*　　　　　　*

다음 날이 되었다.

서안에서 백도무림의 경계는 여전히 삼엄했고, 관까지 움직이며 그들을 찾았다. 종남파 한 곳에서만 내는 세금이 서안 전체의 세금 중 삼 할에 육박하니, 서안의 태수도 종남파의 강압적인 요구에 따라줄 수밖에 없었다. 그런 상황에도, 서안의 마조대는 피월려와 제갈미가 쉬는 동안 서안에서 탈출할 수 있는 탈출구를 찾아내었다. 거의 불가능에 가까운 그 일이 가능케 된 핵심은 주팔진 덕분이다.

"종남파 내부에 연줄이 있다고?"

피월려는 믿을 수 없다는 듯 물었다. 주팔진은 자신감 넘치는 표정으로 대답했다.

"지난 십여 년간, 종남파가 급속히 세력을 확장하며 섬서성을 장악하다시피 했기에, 언젠간 잘 써먹을 수 있을 거라 생각하고, 일부를 투입했었습니다. 그들 중 종남파의 일대제자까지 된 자가 있으니, 이윤이 상당한 투자이죠."

"대단하오. 아무리 급성장을 했다 하지만, 십 년이 넘는 세월 동안 그 속에 첩자를 키우긴 어려웠을 것이오."

"마조대에서도 아는 이가 별로 없는 첩자입니다. 절대적으로 필요한 경우에만 쓰기 위해 통상 임무를 전혀 수행하지 않고 숨겨둔 극비의 인물이지요. 때문에 섬서의 마조대도 모르는 자입니다."

피월려가 미간을 모았다.

"그런 사람을 나 때문에 사용해도 되겠소?"

"제가 섬서에 들른 이유가 그를 빼내기 위함입니다. 종남파의 무공을 모두 익혔다는 보고가 있었기 때문에, 큰일을 위해 사용하기보다는 안전히 빼내어 종남파의 무공을 얻는 것이 더 이익이란 판단이 마조대에 있었습니다. 어차피 그를 빼내야 하니 그 과정에서 도움을 받으면 됩니다. 그런데 한 가지문제가 있습니다."

"무엇이오?"

"빼내는 과정에서 그가 노출되면 마조대의 손실이 큽니다. 홀로 나오는 건 모르지만, 일대주와 제갈 소저를 탈출시키는정도의 도움을 받는다면 필히 노출될 것인데, 그러면 손실이너무 막대합니다."

"무슨 작전이든 손실을 감수해야 하오."

"마조대 입장에선 굳이 감수해야 하는 손실이 아닌 것 같아 드리는 말씀입니다."

말을 이리저리 꼬아서 하는 게 버릇인 것 같았다. 주팔진은자기의 입장을 제대로 말하지 않고는 나중에 가서 책임을 지지 않고 꼬리를 마는 전형적인 능구렁이다. 정보를 다루는 사람들은 모두 자기만의 버릇이 있는 것 같은데, 지화추도 그렇고 주팔진도 그렇고 참 독특한 화법이라 피월려는 생각했다.

피월려는 표정을 굳히고는 말했다.

"본 교는 상하 관계가 아닌 이상, 서로 협조하는 게 기본이오. 특히나 마조대는 교주 직속으로 그 외에 누구 아래도 있지 않으니, 대가를 정당하게 요구할 수 있소. 마조대에서 그 위험을 감수하는 대가로 제일대에 원하는 것을 말하시오."

주팔진은 익살스럽게 실실 웃으며, 양손을 내저었다.

"아, 그런 뜻은 아니었습니다."

"말하시오."

"그, 그것이. 일대주께서 정 그리 말씀하신다면, 일대주께서 작게나마 해주실 게 있긴 합니다. 마조대 개봉단장이셨던 낭파후 단장님을 제일대에서 마조대로 다시 옮겨주십시오."

개봉이 불타 없어지기 전에, 개봉에 있던 마조대는 낭파후 단장이 이끌었고, 그 아래에 주팔진이 있었다. 즉, 낭파후는 주팔진의 직속상관이었고, 이번에 낙양단으로 부속되며 떨어지게 된 것이다.

피월려는 새로운 마조대 안에 묘한 기류가 흐른다는 소식을 접한 적이 있었다. 원래 낙양단의 마조대원들과 새로 들어온 개봉단의 마조대원들 간의 보이지 않는 알력 싸움이 끊이지 않는다는 것이다.

피월려가 단도직입적으로 물었다.

"현 낙양단장인 지화추 단장이 싫으시오?"

설마 이렇게 직설적으로 물을 줄 몰랐던 주팔진은 머리를 긁으며 떨떠름하게 말했다.

"아… 하하하. 그렇게 물어보시니, 일대주께서도 천생 무인 이시긴 한 것 같습니다. 뭐, 굳이 대답하자면 지화추 단장과 불편하다기보다는, 낭파후 단장과 좀 더 손발이 맞는 것 같아 하는 이야기입니다."

"낭파후 단장이 제일대를 떠나 마조대에 다시 들어가면, 그가 지화추 단장을 밀어낼 수 있을거라 보오?"

"그 부분은 일대주께서 더 잘 아시지 않습니까?"

낭파후는 지마다. 인마인 지화추와 생사혈전을 치른다면 필승일 것이다.

피월려가 말했다.

"입교할 당시, 개인적으로 지화추 단장에게 빚이 있었소. 전에 갚았지만, 딱히 그와 척을 지고 싶지는 않소."

"하지만 개봉에서 탈출할 당시 조금 마찰이 있지 않았습니까? 지화추 단장과 껄끄럽지 않다고 확실히 말할 수 있는 상황은 아니실 텐데요?"

피월려는 머리를 흔들며 말했다.

"주 대원은 참으로 집요하오."

"그거 빼면 시체입니다. 그래서 낭파후 단장님을 제일대에서 빼주실 겁니까?"

"내가 빼주고 싶다고 해도, 내가 그를 마조대에 넣을 수는 없소."

"압니다. 그저 제일대에서 단장님을 내치시기만 하면 됩니다. 그 뒤는 상관없습니다."

피월려는 제갈미를 슬쩍 보았다. 가만히 듣고 있던 그녀가 고개를 살포시 끄덕였고, 피월려가 다시 주팔진을 보며 말했다.

"좋소. 그리하겠소. 그러나 나도 확실히 당부받고 싶소. 이 일이 끝날 때까지, 즉 낙양지부에 귀환할 때까지 나에게 완전히 협조하시오. 절대적으로 말이오. 만약 중간에 다른 요구를 하려거든 지금 하시고."

주팔진의 눈이 길어졌다.

"더는 없습니다. 그것만 이행해 주시면 됩니다."

"알겠소. 내가 그와 생사혈전을 앞두고 있다는 건 잘 알고 있으리라 믿소."

여차하면 생사혈전에 낭파후를 죽일 수 있다. 그리고 그건 전혀 문제가 되지 않는다. 주팔진은 피월려의 말에 담긴 속뜻을 이해했다. 피월려의 눈빛에서 미약한 살기를 느낀 주팔진이 눈길을 아래로 돌렸다.

"압니다."

"그럼 안내하시오."

주팔진은 억지로 밝은 표정을 짓고는 발걸음을 돌렸고, 피월려와 제갈미는 그를 따라갔다. 그가 데려온 개는 어쩐 일인지 보이지 않았지만, 피월려는 대수롭게 생각하지 않았다. 어차피 성안에서 개를 대동하고 돌아다닐 수는 없었기 때문이다.

지하에서 올라가자, 어느 집 안으로 통해 있었는데 그곳에는 한 종남파 제자가 그들을 기다리고 있었다. 오십 대 정도로 보이는 사내로, 전체적으로 험한 인상이지만 선한 눈매가 특징이었다.

"이걸 입으십시오."

그가 내민 건, 종남파 제자들이 입는 세 벌의 옷이었다. 피월려와 제갈미 그리고 주팔진이 모두 갈아입자, 그가 말했다.

"저를 뒤따라오시면 됩니다. 두 분은 상관없는데, 뒤에 계신 분께서는 마기가 강하시군요. 최대한 자제해 주실 수 있습니까?"

피월려는 용안심공을 최대한 발휘하여 극양혈마공의 마기를 억눌렀다. 그러자 피월려의 몸에서 풍기던 위압감이 온데간데없이 사라졌다. 이 변화를 보고 놀란 첩자가 말을 흐렸다.

"이 정도면 일대제자와 마주쳐도 모르겠군요. 대단하십니다."

피월려는 차갑게 대꾸했다.

"서두릅시다."

"아, 예."

첩자를 앞으로 하고 그 뒤를 피월려, 제갈미, 그리고 주팔진
이 따라 걸었다.

일녀삼남은 종남파에서 상당히 흔한 성비라, 그 누구도 그
들을 의심하지 않았다. 특히나 첩자인 그 남자가 종남파 내부
에서 어느 정도 영향력을 갖춘 자였기 때문에, 그를 의심하는
사람이 아무도 없었다.

그렇게 자연스럽게 서문(西門)에 도착한 그는 관의 문지기와
함께 지키고 서 있는 종남파 제자 두 명에게 다가갔다.

"사형! 바쁘실 텐데 성문에는 어인 일이십니까?"

"그래. 수고들 한다. 나는 명이 있어 이들과 함께 밖으로 나
간다."

"그럼 이름을 기재하시고……."

"극비니라."

"예?"

"장로회에서 직접 하달된 명령이다."

"그, 그러나 성문 밖으로 나가는 모든 무림인은 이름을 기
재해야 합니다. 이는 본 파의 제자도 포함입니다."

"어허. 극비라 하지 않았느냐. 설마 나를 의심하는 것이냐?"

"그, 그것이……."

"어서 길을 열어라. 해가 떨어지기 전엔 돌아올 것이다."

그 제자는 곤란해했지만, 일대제자이며 제자들 간에 평판이 좋은 첩자를 막을 수 없었다.

"아, 알겠습니다."

길을 열자, 첩자는 당당한 걸음으로 밖으로 걸어 나갔고, 피월려와 제갈미 그리고 주팔진은 종남파 제자들과 눈을 마주치지 않으며 최대한 자연스럽게 뒤따라 걸었다.

한 일 리 정도를 자연스럽게 걸었을까, 주변을 돌아보며 사람이 없다는 것을 확인한 그 첩자가 말했다.

"제 역할은 여기까지인 듯합니다."

주팔진은 그의 손을 마주잡고는 말했다.

"이런 부담을 지게 되어 미안하게 되었습니다."

첩자는 포근한 미소를 얼굴에 지었다.

"어차피 고향이 그리웠습니다. 아슬아슬한 줄 위에서 내려와 원래 자리로 돌아가는 것뿐이니 제게도 좋은 일입니다."

"본부에서 큰 보상이 있을 것입니다. 원하는 곳에서 남은 삶을 보내십시오."

"그 전에 매일 밤잠을 설치며 외운 종남파 무공을 전수해야겠지요. 본 교에서 종남파의 무공에 얼마나 관심을 가질지는 모르겠지만 말입니다. 하하하."

"종남파 무공을 익히지 않아도, 그 파훼법(破毀法)만 연구된다면 그 누구에게도 폄하될 수 없는 대단한 공적입니다. 본교에 크나큰 도움이 될 것입니다. 수고하셨습니다."

"그럼 마조대원께서도 수고하십시… 커억."

첩자의 입을 뚫고 나온 화살촉에는 그의 혀가 길게 찢겨 있었다. 순간 깜짝 놀란 주팔진이 차마 몸을 움직이지 못하자, 피월려가 보법을 펼쳐 빠르게 그의 앞에 와, 첩자의 몸을 붙잡고는 비스듬히 위로 들었다.

팍! 파파팍! 파팍!

수십 개의 화살비가 주검이 된 첩자의 몸에 박혀 들었다. 주팔진은 눈을 빠르게 깜박이더니, 상황을 이해하곤 피월려에게 말했다.

"하아……. 감사합니다."

"인사는 나중에."

짤막하게 대답한 피월려는 시신을 옆으로 버리고는 제갈미에게 다가와 그녀를 들었다. 그때, 원설의 전음이 귓가에 울렸다.

[왼쪽 숲으로.]

피월려는 손짓으로 주팔진에게 신호를 전하면서 제갈미를 업어 들고 왼쪽 숲으로 보법을 펼쳐 들어갔다. 주팔진도 급히 그의 뒤를 쫓으며, 하늘에서 날아오는 무수한 화살비로부터 벗어났다.

파팟! 파파팟!

높게 솟은 나무의 나뭇가지들이 꺾이면서 화살을 막아주었다. 그렇게 몇 번씩 소리가 들리자, 적들도 화살이 소용없다는 걸 깨달았는지, 더는 화살이 떨어지지 않았다.

주팔진은 안심했다는 듯 숨을 길게 내쉬고는 말했다.

"더는 화살을 쏘지 않을 듯합니다. 경공을 펼칩시다."

피월려는 이 말을 하는 것 자체가 이젠 지겨울 정도였다.

"나는 경공을 모르오."

"예?"

"경공을 모르오."

"아니, 그런 신묘한 보법을 펼칠 줄 알면서 경공은 모르는 게 말이 됩니까?"

"배운 적이 없소만."

주팔진은 자기 머리를 탕탕 치며 말했다.

"아… 전에 단장님이 술자리에서 하던 말이 생각나는군요. 낙성혈신마는 지마급 고수인데 경공을 몰라 어이가 없었다고. 그 어이없다는 기분이 어떤 건지 알 것 같습니다."

"그 말고도 꽤 많은 이들이 어이없어했소."

"그럼 배우실 생각을 왜 안 하셨습니까?"

"뭐, 그렇게 되었소. 이번에 기회가 되면 배울 것이오."

"…여기서 이리 죽을 줄은 몰랐습니다."

피월려는 빙긋 웃으며 말했다.

"걱정 마시오. 내게 생각이 있소."

『천마신교 낙양지부』 14권에 계속…

초대형 24시 만화방

신간 100%, 샤워실, 흡연실, 수면실(침대석), 커플석, 세탁기 완비

■ 광명 광명사거리역점 ■

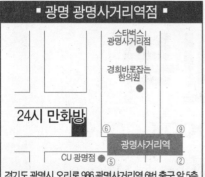

경기도 광명시 오리로 986 광명사거리역 6번 출구 앞 5층
02) 2625-9940 (솔류타워 5층)

■ 강북 노원역점 ■

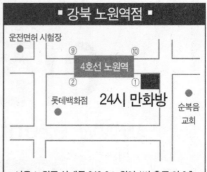

서울 노원구 상계동 340-6 노원역 1번 출구 앞 3층
02) 951-8324 (화용빌딩 3층)

■ 일산 정발산역점 ■

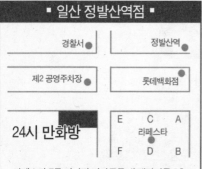

라페스타 E동 건너편 먹자골목 내 객잔건물 5층
031) 914-1957

■ 일산 화정역점 ■

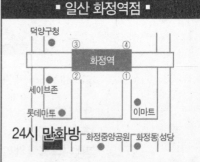

경기도 고양시 덕양구 화정동 984번지 서일빌딩 7층
031) 979-4874 (서일사우나 건물 7층)

■ 부천 역곡역점 ■

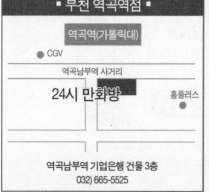

역곡남부역 기업은행 건물 3층
032) 665-5525

■ 부평역점 ■

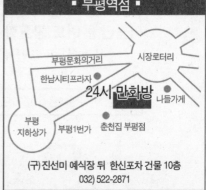

(구) 진선미 예식장 뒤 한신포차 건물 10층
032) 522-2871

크레도 장편소설
FUSION FANTASTIC STORY

톱스타 이건우

열정만으로 성공하는 것은 아니다!

어중간한 실력으로 허송세월하던 이건우.

그의 앞에 닥친 갑작스러운 사고와 함께 떠오르는 기억.

'나는 죽었는데 살아 있어. 그건 전생? 도대체……'

전생부터 현생까지 이어지는 인연들.
그리고 옥선체화신공(玉仙體化神功)……

망나니처럼 살아온 이건우는 잊어라!
외모! 연기! 노래!
삼박자를 모두 갖춘 최고의 스타가 탄생한다!

FUSION FANTASTIC STORY

설경구 장편소설

저니맨 김태식

한 팀에서 오래 머물지 못하고
이 팀, 저 팀을 옮겨 다니는
저니맨(Journey man)의 대명사, 김태식!
등 떠밀리듯 팀을 옮기기도 수차례.

"이게… 나라고?"

기적과 함께 그의 인생에 찾아온 두 번째 기회!

"이제부터 내가 뛸 팀은 내 의지로 선택한다!"

더 이상의 후회는 없다!
야구 역사를 바꿔놓을
그의 새로운 야구 인생이 펼쳐진다!

Book Publishing CHUNGEORAM

유행이 아닌 자유추구 -
WWW.chungeoram.com

한의 韓醫
스페셜
리스트

가프 장편소설

FUSION FANTASTIC STORY

돌팔이 소리만 듣던 한의사 윤도.

달라지고 싶은 마음에 찾아간 중국 명의순례에서
버스 추락 사고에 휘말리고 마는데……

구사일생으로 살아 돌아온 지 30일.
전에 없던 스페셜한 능력들이 생겼다?

초짜 한의사에서 화타, 편작 뺨치는 신의로!
세상의 모든 질병과 인술 구현에 도전한다!

Book Publishing CHUNGEORAM

유행이 아닌 자유추구─
WWW.chungeoram.com